一千種藍

천 개의 파랑

A thousand blue

千先蘭——著　胡椒筒——譯

目錄

一千種藍 /006
作者的話 /236

「韓國科幻文學獎」長篇小說首獎
評審評語 /238
獲獎感言 /246

推薦與感動
打開視野的一千束柔光（劉芷妤）/248
溫暖推薦 /252

騎師房只能容納一名成人蹲坐，空間狹小到無法躺平，甚至連伸直腿坐著也不行。但待在這個房間裡的騎師無需躺下，也不用伸直腿坐。

身高一百五十公分、體重四十公斤的騎師坐在這個只有一扇窗戶的四方形房間裡，茫然地等待著。這個用水泥打造的空間，室內實際面積更小，有著濃濃的窒息感。C－27最不滿的是，在這裡看不到天空。

雖然C－27知道「不滿」這個詞不適用於自己，但這是最恰當的表達了。C－27呆呆坐在沒有一絲光線的房間裡，等了很久、很久、很久……

少女

這是故事的尾聲，也是我的結局。

此刻，我正在墜落。如果是一般正常速度，我摔到地上只需三秒鐘，但我現在正以超出三秒數倍的時間慢慢、緩緩地遠離天空。我知道，我不會因接觸地面時所受的衝擊而痛苦，卻仍無可避免摔得粉身碎骨。雖然有人說，感受不到痛苦是我存在的理由和最大的優點，但我覺得這種說法是不對的。如果我可以感受到痛苦，就不會這樣摔下去，也不會迎來這種結局了。我從物理及非物理的角度推論出，痛苦只是生命體擁有的最佳防禦程式。

在墜落的這段時間，我能夠講完這個故事嗎？照理來說是不可能的，但對於正緩速走向最後結局的我而言，也許可以。

三秒鐘前，我還騎在「Today」的背上。Today是一匹黑色的母馬，全身的黑毛猶如反光的水面般美麗耀眼。關於Today的故事，以後還有機會詳細道來。此時重要的是，Today是一匹與我搭檔的賽馬，而我是與Today一組的騎師。六個月前的三月，我們因為一個致命性的失誤與機會相識。雖然也可以好好聊一下這件事，但現在最重要的也不是三月時我們第一次上場比賽，而是九月的今天，我們的最後一場比賽。我想把今天稱為歷史性的日子。對人類而言，歷史性的日子代表著創造了什麼的某一天，很多時候也會用來形容奇蹟出現。奇蹟，今天就是我短暫一生中出現的第二次奇蹟。

呼喊聲四起，看來這漫長的墜馬過程就要結束了。延在說，等這場比賽結束，會重新幫我上漆，因為我身體的顏色已經掉得差不多了。她還問我喜歡什麼顏色，雖然原有的綠色與我的名字更搭，但我坐在二樓的房間望著窗戶說，我喜歡藍色。延在回答，知道了。

延在，姓禹，全名禹延在。在我心中，這個名字和Today一樣重要。延在是我的救世主，也是選擇了我的世界。如果延在知道我這樣形容她，一定會盯著我，在眉間和鼻梁上擠出一堆皺紋，露出古靈精怪又神祕的表情。

是延在讓我和Today又站上了賽道。延在是創造出第二次奇蹟、平凡卻又特別的勇敢人類。

此時，我的雙腿已經徹底脫離Today的身體，牠將以時速五十公里的速度，不快也不慢地跑完這場比賽。Today將掙脫這個世界的壓迫，保持均速，延續自己重獲的新生。

Today是幾天前決定要被安樂死的賽馬，而我則是即將報廢的騎師。但此刻，Today又回到了賽道上，而我正在墜落。落地後，我將粉身碎骨。人們說，這種預測來自本能的直覺，然而這是我用準確的數值和計算得出的結果。我的大腦不存在預測錯誤。

我想講一講在這段短暫時光裡經歷的故事。

我叫花椰菜。因為與花椰菜的顏色相似，所以有了這個名字。

花椰菜

花椰菜在遇到延在前，被命名為C-27。

二〇三五年，出產於韓國大田的花椰菜是由美國、中國和日本製造的零件組裝而成的。若要說花椰菜與其他騎師機器人有什麼不同，那就是在最後的流程中被插錯了晶片。插錯的晶片有認知和學習性能，不是用在騎師機器人身上的，而是要用在開發中的學習機器人身上，但它不小心從為了寫報告而前來巡視生產線的研究員身上掉了出來。三天沒睡的研究員睏得連眼皮都快睜不開了，他在精神恍惚的狀態下與迎面而來的廠長打了聲招呼，在取出錢包、拿出名片交換的瞬間，那張晶片掉了出來。研究員手忙腳亂地翻找錢包，最後非但沒找到名片，連晶片掉到地上了也沒發現。更倒霉的是，一心只想趕快回家睡覺的他迷迷糊糊地走出工廠後，打掃生產線區域的人看到掉在地上的晶片，就撿起來隨手丟進了裝有其他晶片的盒子裡。

這裡發生了兩個荒唐的失誤，一是研究員把晶片掉在地上，二是清潔工把那張晶片丟進裝其他晶片的盒子裡。如果是機器人，絕對不會發生這兩種失誤，因此可以說，花椰菜是從人類的失誤中誕生的。

工廠員工為了確認固定機器人的安全帶是否扣牢而用力搖晃花椰菜時，花椰菜睜開了眼睛。與其他騎師機器人不同，被輸入睜眼訊號的花椰菜後腦勺撞擊到了固定板，開啟了電源。從花椰菜身邊經過的員工沒有注意到它的眼睛亮了，直接關上了貨車門。

幾輛貨車同時從大田出發開往首爾，每當貨車以自動駕駛功能熟練地轉彎時，被固定住的機器人便會朝反方向甩動一下。為了方便從外面確認內部狀況，貨車廂裝了一扇又長又窄的窗戶。貨車馳騁在凌晨的高速公路上，有時會穿過藍光閃耀的隧道。在貨車抵達目的地的前一個小時，花椰菜透過那扇窗戶看到了黎明破曉的變化。一道光透過狹窄的窗戶照在貨車廂的壁面上，花椰菜為了追隨那道光，吃力地扭轉被固定住的頭部時，看到了其他尚未開啟電源、排成一列的騎師機器人。

「喂。」

花椰菜第一次知道自己可以發出聲音。它又叫了幾聲，但無人回應。花椰菜盯著隨貨車晃動而噹啷噹啷搖晃的騎師機器人好一會後，轉頭看向前方。太陽徹底升起，照亮了世界。

「好燦爛啊。」

世界的飽和度這麼高，令花椰菜十分驚訝。更令它驚訝的是，自己竟然知道「飽和度」一詞。花椰菜產生了好奇，究竟自己知道多少詞彙呢？直到貨車抵達目的地前，花椰菜望著窗戶說出了自己知道的單字：華麗、漂亮、美麗、黃、紅、藍、快、害怕、毛骨悚然、膽戰心驚、冷、熱、冰冷、痛、累、難受……還有幾個無法用動詞和形容詞來表達的詞。

花椰菜念念有詞，整個車廂充斥著詞彙，眼看就快要飽和時，貨車抵達了目的地，花椰菜終於停了下來。一千個，花椰菜說出了一千個單詞。用這些詞可以造很多的句子。就在花椰菜好奇自己可以用這些詞造多少句子時，貨車廂打開了。開門的人看到花椰菜的電源開著，嚇了一跳。因為電源被人關閉，所以花椰菜不能造句了。

當花椰菜再度睜開眼睛，它已經身處在一個三面都是水泥牆的房間。鐵窗門，房間很小，只能站立或蹲坐，完全無法橫躺或伸直腿坐。牆上的充電線與花椰菜的後頸相連，花椰菜拔掉充電線站起來，它抓住門上根本無法探出頭的鐵窗，喚了一聲蹲坐在對面房間的騎師機器人。

「喂。」

機器人抬起頭來，它的臉上塗著紅漆，胸前寫著F-16。

「你在那裡做什麼？」花椰菜問。

但F-16沒有回答，只是望著花椰菜。

花椰菜又問：「你知道這裡是哪嗎？」

F-16的脖子閃著光，卻發不出任何聲音。花椰菜放棄追問，自己也坐了下來，與F-16面面相覷。透過騎師房牆上的鐘錶秒針可以知道時間在流逝，卻無法估測到底過了多久。直到時針轉了一圈，又轉了半圈，花椰菜就只是靜靜面對F-16坐在那裡。

隔天，花椰菜才知道F-16不回答的原因。一名身穿黑色大衣的男人和兩名穿飛行夾克的女人走到F-16面前。

「它不出聲了，應該是壞了。嘖，把它帶回去，再給我換一個。送過來前先好好檢查一下有沒有瑕疵。」身穿大衣的男人大口大口抽著菸。

F-16被裝進箱子帶走了。花椰菜為了再看一眼F-16而站起身，但它無法從鐵窗探出頭，只能聽著他們愈來愈遠的腳步聲。花椰菜望著被清空的騎師房，發現一件很奇怪的事。雖然騎師房的錶沒有故障，時間卻變得更慢了。但花椰菜又無法解釋怪在哪裡。

五十二個小時過後，門開了。上次出現的男人穿著同樣的黑色大衣，在四個男人陪同下走進來。

「出來。」

男人叼著菸，發音很不清楚。但花椰菜聽懂了，隨即站起來，跟在男人身後走到外面。又沿著有圍籬的小徑走了一段路。掉光葉子的樹木林立在小徑兩側，每當踩到地上的落葉時，都會聽到沙沙的聲響。

「嚓、嚓。」

花椰菜出聲模仿著聽到的聲音。跟在一旁的男人聽到花椰菜喃喃自語，瞥了它一眼，但沒說什麼。他們抵達的地方是一個很大的賽馬場。入場時，花椰菜環視一圈空蕩蕩的觀眾席。有十九個騎師機器人排隊站在草地上，花椰菜站在隊伍最尾端。那天，花椰菜第一次看到馬，而分配給它的馬就是黑馬Today。

身披大衣的男人坐在賽馬場中央的椅子上，騎師機器人按照順序一個接一個騎上馬，繞著賽道慢慢跑了一圈。起初馬只是慢慢走著，過了某個時間點後，便開始加速跑了起來。有的騎師機器人以穩定的姿勢跑了一圈，有的騎師機器人則失去平衡跌了下來。男人只是靜靜地觀看，沒有發表任何意見，站在他身旁的人則在紙上打著勾。

輪到花椰菜時，身上掛有寫著「道珉周」名牌的男人牽著Today的韁繩走了過來。站在一旁的花椰菜靜靜看著珉周撫摸馬的脖子。珉周命令花椰菜抓住馬鞍，踩住馬鐙坐到馬背上。但花椰菜居然開始模仿起珉周的動作，一下一下地撫摸馬的脖子。珉周苦笑，問花椰菜在做什麼？

「為什麼要這麼做呢？」花椰菜反問。

珉周想了一下，回答：「這是在交流感情，告訴馬你準備要騎上牠了。」

「用手這樣拍為什麼就能讓牠知道呢？」

「這是一種暗號，是約定。」

「約定。」花椰菜輕聲重複了一遍這個詞。

約定好簡單啊。這樣的約定無需太多聲音，即使沒有交談，只要撫摸幾下馬的脖子、拉緊韁繩、用馬鐙踢一下馬的腰、呼喊口號，就可以讓牠奔跑起來。

花椰菜又撫摸了幾下馬的脖子，然後踩住馬鐙，坐到馬鞍上。一開始花椰菜以基礎坐姿挺直腰板，讓頭部、肩膀、腰部和後腳跟與地面保持垂直跑了一圈。腰部結構銷解了馬奔跑時帶來的震動，騎師機器人的腰部是根據馬的奔跑動作設計的，所以就算花椰菜不去控制，也可以隨著馬的律動靈活地彎曲。花椰菜直視前方，看到自己緊握韁繩的手，接著又看到懸空的腳。

「專心一點，直視前方。」與馬的步調保持一致的珉周說。

花椰菜注視著正前方說：「這跟搭貨車的感覺很不一樣耶。」

珉周瞥花椰菜了一眼才說，現在開始馬要跑囉。花椰菜按照珉周教的踩住馬鐙，讓臀部稍稍離開馬鞍，大腿緊貼住馬身，上身前傾，讓身體與馬鞍保持平行。珉周補充，這個姿勢叫作「身體前傾」。在珉周發出奔跑信號後，馬漸漸加快了速度。從膝關節到腳踝的連接構造[1]使花

1 連結兩個以上的裝置，可使其相互作用的構造，可使機器人更輕量化，即使沒有引擎也不會停止運作。

椰菜輕鬆地吸收了反作用力，自然地上下移動身體，安裝在臀部的緩衝器也有效減少了碰撞馬鞍時的衝擊力道。Today也習慣了訓練，感受不到背上的花椰菜了。

Today跑得越快，迎面而來的風就越大。花椰菜看到飛舞的馬鬃，明白了那是風。但這一根根獨立的鬃毛又是如何像一種有機體，如流水般流淌的呢？花椰菜突然很想摸摸馬鬃，於是鬆開韁繩伸出了手。沒有任何感覺，但花椰菜還是覺得「流淌」在手指間的鬃毛很美。

剎時間，花椰菜的身體失去了平衡，搖晃了一下。珉周看到後，立刻大喊教花椰菜用力拉一下韁繩。花椰菜照珉周教的用力一拉韁繩，Today停了下來。

珉周橫穿馬場跑到花椰菜面前，氣喘吁吁地說：「不能放開韁繩。你幹麼鬆手啊？」最後那句話更像是斥責，而不是提問，但根本聽不出斥責語氣的花椰菜若無其事地回答：

「我想摸摸牠的鬃毛。」

珉周眉間的肌肉一聚，擠出了三條線，右邊的眉毛比左邊的眉毛更彎了。他用面部肌肉表現出來的不是喜悅、難過和憤怒，而是更加複雜的情緒。珉周似乎沒有理解花椰菜的話，但也沒再追問，他調整好急促的呼吸，直接命令花椰菜下馬。花椰菜不捨的從Today背上下來，道別時也不忘摸兩下Today的脖子。

短暫的訓練結束後，花椰菜又回到狹小的騎師房。花椰菜看到珉周為了鎖上鐵門取出員工卡時，問道：

「可不可以不要鎖門呢？」

珉周把卡貼在門上，門立刻上了鎖。

花椰菜看著珉周：「你是怕我開門出去才鎖門嗎？你不信任我嗎？」

「沒辦法，這是規定。」

聽到珉周的回答，花椰菜點點頭，放棄了不要鎖門的請求。遵守規定很重要。花椰菜知道，只有大家都不違反規定，才能維持社會秩序。對花椰菜而言，也有幾項規定：一是不可以攻擊人類，二是必須服從人類的命令。

花椰菜對準備離開的珉周說：「如果規定有了變化，請告訴我。」

珉周沒有回應，走出了騎師房。

自那天之後，花椰菜每天都會接受五個小時的訓練。但並不是五小時都在騎馬，大部分時間都在等待。當花椰菜長時間站在賽馬場上時，它會專注地觀察天空和生長在賽場外的樹木。每天、每小時的天空都會變幻不同的顏色和模樣。天空是藍色的，但偶爾也摻雜紫色、粉紅色、黃色或灰色。花椰菜不知道如何表達這些摻雜在一起的顏色，於是利用知道的詞彙組合出了「藍粉」或「灰黃」等詞。花椰菜覺得這個世界需要比一千個更多、至少超出一千倍的詞彙。它也擔心，說不定世上已經有很多詞彙了，只是自己不知道而已。如果是這樣，那要去哪裡學習這些詞彙呢？

雖然有各種各樣的天空，但花椰菜還是最喜歡能看到雲朵的天空。這裡「喜歡」的意思是指更頻繁、更長時間的仰望天空。雲朵會以各自的型態聚集在一起，每朵雲的厚度感覺也各不相同。花椰菜透過這些雲朵，意識到天空不是一個平面，而是一個立體的空間，而且雲朵還會隨風飄動。空中竟然有不會掉下來且流動的物體，這對存在重量的花椰菜而言是很不可思議的事。有一天，花椰菜對珉周說很想摸一摸天上的雲朵，但珉周假裝沒聽見。

訓練期間，花椰菜與 Today 培養出了感情。花椰菜會撫摸 Today 的脖子，請牠多多關照。即使花椰菜的一舉一動都被珉周看在眼裡，他也從沒問過它為什麼這樣做。

花椰菜漸漸發現，其他機器人不會像自己一樣仰望天空、撫摸馬的脖子，或和珉周說話。花椰菜覺得是自己不正常，時不時就自動開啟電源也一定是因為內部出了什麼故障。除此之外，花椰菜沒有再思考更深層的問題。比如，為什麼自己會思考這些？為什麼想知道詞彙？為什麼在狹小的房間裡計算時間等等。花椰菜會把注意力集中於當下，且立刻作出反應，所以待在房間時不會去想天空，在賽場上也不會算時間，騎馬時也不會思考詞彙。

但有時，花椰菜會在毫無預測的情況下，講出意想不到的句子。花椰菜覺得這些句子都是出自於體內某個儲存文字的空間。

走到騎師房門前時，花椰菜停下腳步問：「為什麼會有賽馬比賽呢？」

珉周一臉驚慌失措的表情。這個問題超出了之前提問的範圍。至今為止，花椰菜提出的問題不過是，這個東西要用在哪？為什麼天空是藍色的？為什麼會下雨？為什麼賽場要鋪土？雖然珉周無意認真思考這些問題，但為了給出適當答案還是會花一些時間解釋。對花椰菜而言，珉周是親切的人類。至少自己的提問珉周都會回答，哪怕只是簡單的一句「不知道」。與之相比，那個身穿大衣的男人，以及偶爾會來騎師房的男人們，即使聽到花椰菜說「你好」也都無動於衷，連眼睛也不會多眨一下。

「因為很有趣。」

珉周也覺得自己隨口說出的答案很沒說服力，但也想不出更好的了。也許這就是正確答案。如果沒有趣，賽馬早就不存在了。這項比賽之所以持續了千年之久，當然是因為「有趣」囉。

「是誰覺得有趣呢？是馬嗎？」

「不，是人類。」

「既然是人類覺得有趣，那為什麼要讓馬去跑呢？人類怎麼不自己跑呢？」

珉周差點笑出聲。

「人類是覺得看賽馬有趣，還會賭哪一匹馬能跑第一……而且，也有人類賽跑的比賽啦，雖然跟賽馬的目的不同。」

「那馬為什麼要奔跑呢？」

「馬也覺得奔跑很有趣啊。」珉周的語氣開始不耐煩了。根本看不出珉周想盡快結束話題的花椰菜又問：「你怎麼知道馬覺得奔跑很有趣呢？」

「好了，到此為止……」

「我想知道。」

「知道什麼？」

「我想知道 Today 是否覺得有趣。要怎麼知道牠跑得開不開心呢？」

即使珉周不回答，花椰菜也不會提出異議，但珉周沒有視而不見，而是帶花椰菜去了馬房。

珉周走到Today的房門前停了下來。Today的馬嘴從鐵窗的縫隙間伸了出來，珉周撫摸著Today的鼻梁，打了聲招呼。

「為什麼摸那裡？」

「這和撫摸脖子一樣，也是一種約定，告訴牠這是疼愛。」

花椰菜試圖模仿珉周的動作，但只有一百五十公分高的它根本搆不到Today的鼻梁，很吃力的才用手勉強碰到了Today的鼻子。珉周很想問花椰菜為什麼如此執著於跟馬交流感情，但最後還是沒有開口。光是想到要問花椰菜問題，珉周就覺得心情很奇怪。

珉周從馬房角落的箱子取來沾著土的胡蘿蔔。與人類吃的胡蘿蔔相比，馬房裡的胡蘿蔔又細又長，還很彎曲。顯然人們是把失去商品價值、賣不出去的胡蘿蔔送到了這裡。但因為供不應求，這些胡蘿蔔只能做為特別的零食餵給剛受訓、或不肯吃飼料和乾草的馬。Today聞到胡蘿蔔的味道，呼吸開始急促。珉周用手掌擋住Today的鼻子，命令牠等一下。

「你坐上去。我來幫你。」

珉周用雙手托住花椰菜的腋下，幫它騎上沒有馬鞍的馬背。花椰菜抱住Today，坐在馬背上。花椰菜無法感受馬毛和皮膚的觸感，但也許是因為馬長期安裝馬鞍，長出了適於乘坐的曲線，雖然沒有馬鞍，感覺也很舒適。

「你感覺到什麼？」

「我無法感覺到透過皮膚傳達的觸感，也不知道冷熱，但我有能夠察覺震動的感知器。」

「那好，那你趴在Today背上，抱住牠。」

花椰菜按照珉周說的，伸開雙臂抱住Today。珉周餵Today吃了一個胡蘿蔔，花椰菜感受到Today嘎吱嘎吱咀嚼胡蘿蔔時發出的震動，以及牠還想要胡蘿蔔而晃動身體、稍稍加快的脈動和呼吸加快的顫動。雖然很微弱，卻是很明顯的變化。

「牠現在很開心嗎？」

「嗯，因為吃到了喜歡的零食。」

其實珉周也不是很肯定，但他相信Today現在很開心，他覺得花椰菜很滿意自己的回答。珉周立刻打消了這種想法。花椰菜的確很特別，但還不至於把它視為有感情的對象。珉周也很好奇，為什麼花椰菜會思考這些問題。難道這是少數騎師機器人特有的功能，還是只有花椰菜這樣呢？珉周無從得知答案，偶爾訓練騎師機器人的管理員很難獲得這些資訊。

花椰菜閉上眼睛感受著Today的顫動。期待花椰菜能有所感悟，難道是來自人類傲慢且無知的幻想嗎？

珉周把花椰菜從馬背上抱下來，命令它到此為止，必須回騎師房了。花椰菜順從地走回自己的房間。

花椰菜蹲坐在房間裡，回想著騎在馬背上感受到的顫動，然後把這種顫動命名為「開心」，儲存在記憶卡裡。

第二天，花椰菜便明白了珉周說的都是真的。當Today快速奔跑時，花椰菜放開韁繩，把手掌貼在Today背上，隨即感受到比吃胡蘿蔔時更強烈的顫動。花椰菜覺得，正如自己是為了騎在馬背上而製造的機器人一樣，馬這種生物肯定也是為了在賽場上奔跑而誕生的。自從知道Today

很幸福後，花椰菜也給自己的幸福下了定義：只要Today是幸福的，自己就是幸福的。Today的鬃毛如流水般流淌，快樂的顫動遍布全身，花椰菜感受到牠劇烈跳動的脈搏。

Today，你幸福嗎？如果你覺得幸福，我便也覺得幸福。

從某一刻開始，在比賽前後，花椰菜都會代替珉周去撫摸Today的脖子。Today的成績越來越好，身價也越來越高。有一天在上場比賽前，花椰菜聽到警衛正在觀看的賽馬節目中的解說員這麼說：

「可以說這是賽馬與騎師配合默契的結果，他們就連呼吸都很合拍。」

呼吸，花椰菜知道這個單字。但從常識來看，花椰菜並沒有呼吸。身體與空氣發生化學反應，吸收、分解和排泄，都是生命體的特權，但花椰菜不會吸收、分解和排泄任何東西，它只會儲存、轉換和消耗能量。解說員為什麼說連呼吸也很合拍呢？

「那只是一種比喻，意思是你們很有默契，關係很好。」珉周這樣解釋。

花椰菜知道珉周說得沒錯，但還是很想否定他的說法，因為花椰菜相信自己也在呼吸。珉周的呼吸是下意識的，每當呼吸時，他的身體都會出現微弱的膨脹與收縮。這是花椰菜遇到的所有人類與動物的共同點，只要呼吸，他們的身體就會自然而然地動起來。有時，花椰菜也會在不受自己控制的情況下動起來。比如，騎在Today背上奔跑時。雖然這與身體的膨脹與收縮不同，但當Today奔跑時，自己的身體就會下意識地隨之上下擺動。

「和Today一起奔跑的瞬間，我也在呼吸，配合著Today的呼吸……這也可以視為一種比喻吧？」

「嗯……也可以啦。」

每當騎在Today背上奔跑時，花椰菜都在呼吸。如果說呼吸是生命體的特權，那麼在奔跑的瞬間，花椰菜也是生命體。生命體是活著的，所以花椰菜也是活著的。

花椰菜覺得，只有在Today奔跑時，自己才是活著的。既然這樣，那麼活著又代表什麼呢？

花椰菜未能找到機會請教珉周這個問題。當Today的身價超過五千萬後，馬場為他們換了一個管理員，後來花椰菜就很難再遇到珉周了。每次花椰菜對新管理員說自己是有生命的時候，管理員的反應都是——這機器人是瘋了吧。

花椰菜苦苦等待著珉周，但遲遲沒有等到與珉周聊天的機會。身價翻倍的賽馬和騎師經常被貨車拉去參加客場比賽，Today被關在狹小的貨車裡，在車上進食、排泄，既不能洗澡，也無法休息。花椰菜能做的就只有撫摸牠的脖子。Today心跳加快的次數越來越少了，眼睛也總是目光渙散、失去焦距。

儘管如此，當Today站上跑道時還是會奔跑。花椰菜覺得，隨著與Today相處的時間拉長，他們也變得越來越相似。只有在上場比賽時，Today才是活著的，為了活著，牠不得不奔跑。

兩個月後，管理員把馬鞭交給花椰菜，他命令花椰菜比賽時用馬鞭抽打Today的屁股。花椰菜服從了命令。每當馬鞭落在Today身上，牠都會努力跑得更快。但奇怪的是，雖然Today越跑越快，牠的內心卻異常平靜。花椰菜十分困惑，Today竟然變得不幸福了。Today只有在奔跑時才能感受到活著，但感受到活著時，牠卻不幸福了。花椰菜把這個問題記了下來，打算以後請教珉周。

Today刷新時速一百公里時，獲得了韓國新紀錄的榮譽頭銜，身價又漲到了一億元。但牠的處境並沒有發生多大改變，雖然Today可以多吃一些喜歡的胡蘿蔔，卻沒有之前吃到胡蘿蔔時的興奮了。比賽途中，花椰菜會對Today喃喃地說：「加油，再堅持一下就到終點了。」但每當這時，Today彷彿都在低吟：好痛，好痛，好痛。

如果珉周還留在花椰菜身邊，就可以阻止那件事嗎？至少珉周不會對花椰菜的話置之不理。新的管理員即使聽到花椰菜說Today生病了，也還是不聞不問，甚至命令花椰菜閉嘴。花椰菜服從命令，關掉了聲音。

Today在刷新紀錄的三個月後，成績開始一落千丈。

在最後一圈仍領先的Today從某一瞬間開始，掉到了第二、第五，甚至第九名。觀眾席噓聲四起，身價也一跌再跌，再也沒有人下注Today了。花椰菜不在乎這些，它在乎的是不能眼睜睜看著沒有人治療生病的Today。無論遇到誰，花椰菜都會懇切地說，Today需要治療和休息，但沒有人理它。連站立都很困難的Today只能依靠咀嚼有同止痛藥的胡蘿蔔，上場參加比賽。

花椰菜認為，再這樣下去Today會死。所以在夏末的那一天，在座無虛席的比賽場上，花椰菜主動從馬背上摔了下來。花椰菜知道Today難以承受自己的重量，但只要站在賽道上，牠就必須奔跑。要是就這樣跑完比賽，說不定Today會永遠無法站立，所以花椰菜想到的最好方法就是失去參賽資格。花椰菜在完賽的規定和要救下Today的想法之間猶豫了一下，但很快選擇了後者。它必須守護Today。

花椰菜看向藍天下的大螢幕，看到了從天花板的縫隙間射進來的一縷陽光。那縷陽光就像在貨車上，第一次看到從細長的窗戶拚命擠進來的光亮。如果沒有那個大螢幕該有多好，如果能和Today馳騁在草原上，一定會更幸福……

明明看到了緊跟其後的賽馬，花椰菜還是選擇了墜馬，重量與速度都堪比貨車的馬匹接連踩過花椰菜，飛馳而去。花椰菜的骨盆和下半身全都碎了。Today活了下來，但花椰菜徹底失去了存在的價值。

以上是花椰菜人生的第一幕。

花椰菜實現了不想待在騎師房的願望，它躺在馬房旁的乾草堆上，仰望天空。過幾天，外包公司的人會來回收它，也許會把它分解，卸下完好的零件用在別的機器人身上，又或者徹底關閉電源，送到賽馬博物館作為創新紀錄的Today的搭檔騎師展示出來。花椰菜想到自己的結局，也沒有什麼特別的感受，它只想多看一眼天空。花椰菜沒有意識到這也是一種不捨。

這時，一個少女探出頭來。少女穿著牛仔褲和黑色短袖T恤，髮型與坻周相似，可能是髮質受損的關係，頭髮亂蓬蓬的。陽光照在少女的身上，可以看到空氣中飄浮的灰塵落在她亂蓬蓬的頭髮上。

「你好。」花椰菜對少女說。

透過少女的呼吸，花椰菜有種直覺，這個雙眼充滿好奇、不肯把視線從自己身上移開的少女一定會救自己。

「妳找我有什麼事嗎？」

遲疑了一下的少女踩著乾草堆走到花椰菜身邊，戳了一下它的下半身。

「沒關係，我已經徹底壞了。比賽時，我從馬背上摔下來，然後被後面的選手踩過去。這是我的失誤，比賽不該胡思亂想，但我突然覺得天空好藍，所以想像了一下在藍天下的草原馳騁該有多好，而不是大螢幕播放的假草原。妳在真的草原上騎過馬嗎？」

雖然花椰菜很想聽少女的回答，但這時珉周走了進來。少女離開時，不停回頭看了花椰菜好幾眼。

花椰菜最後的記憶是珉周在與某人講電話時，極力說服、哀求對方的表情。反正也沒有幾個可用的零件了，賣掉也拿不到八十萬元。再說，賣給外包公司也是違法的，計較賣給誰更違法有什麼意義呢？不是，不是我計較……好，好，我會好好叮囑那個人，不會舉報的，不是那種人啦。

花椰菜還是第一次看到珉周在短時間內流露出這麼豐富的感情。在馬房走來走去講電話的珉周掛斷電話後，走到花椰菜面前說了一句，去那裡好好生活吧，然後關掉了花椰菜的電源。花椰菜為了不忘記珉周對自己說的這句話，把它儲存在了記憶卡裡。

花椰菜再次睜開眼睛時，看到之前見過的少女。花椰菜沒有躺在乾草堆上，而是置身於一個有屋頂的住家二樓房間。少女坐在花椰菜對面，開口說：

「禹延在。」

這是少女的名字。

「你叫花椰菜。」

「……」

「就是很難吃的那個花椰菜。」

這就是花椰菜名字的由來。

花椰菜就這樣成了花椰菜。接下來，要來講講拉開花椰菜人生第二幕的偉大少女的故事了。

延在

在延在的記憶中，她在十一歲時做過一件人生中最離譜的事。

那天放學後，延在留在學校練習幾天後運動會的大隊接力。總共六個班級，分為前三班和後三班兩隊，每班選出兩名代表參加比賽。除了最後一棒，其他人都只需要跑半圈。延在是三班的代表之一，在身高都差不多的孩子裡，唯獨她跑得最快，自然就成為最後一棒。延在的班導師負責率領第一隊，對延在抱有極高期待。考慮到選手們的實力不相上下，萬一有人不慎摔倒或出現突發狀況，所以老師把延在安排在最後，並且要求她即使前面棒次落後，也要盡力縮短差距，超越對手。不知道是因為大家覺得延在跑步很輕鬆，還是她的表情太過從容，每次跑步時，同學都會像唱饒舌一樣高喊：「快跑！」延在的每一步都踩在「快跑」兩個字上，她實在快受夠這種刺耳的叫喊聲了。

就在徹底受夠這種叫喊的瞬間，延在脫離了固定的賽道。遺憾的是，那天偏偏正是運動會當天。跑到彎道時，延在沒有轉彎，而是朝著前方衝了過去。四周突然安靜下來，加油聲消失了。但不知道是因為遠離了人群，還是大家都被自己的突發行動嚇得全體傻眼。延在只是受夠了叫自己快跑的聲音，才會衝出跑道，直接穿越校門跑到了大馬路上。

隔天，班導師把延在叫到同學面前，責問她為什麼那麼做。延在當然也很抱歉，害大家的努力化為泡影。但事情已經發生了，也不可能再比一次。延在解釋，因為大家一直教她快跑，沒想到速度快得自己也無法控制，就一直跑到了賽馬場，速度都快與賽馬並排前行了。老師氣得面紅耳赤地走出了教室。同學們蜂擁圍到延在的書桌前，大家顯然不相信她的話，但還是異口同聲地稱讚她昨天真的跑得和馬一樣快，接著聊起她跑出學校後，校長拿著麥克風語無倫次的糗樣。

延在只是笑著聆聽。雖然自己說的不全是事實，但也不算胡言亂語。昨天，延在真的一直跑到了賽馬場，看到在訓練的馬，只是沒有和牠們一起跑就是了。

看著無法估量速度、飛速狂奔的賽馬，與穩坐馬背、緊抓韁繩的騎師機器人，不禁覺得他們似乎可以輕鬆地繞地球跑上一整圈。領先跑在最前面的賽馬衝過終點線後，電子螢幕上顯示出時速八十公里，但因為是在訓練，所以沒有任何歡呼聲。延在住在賽馬場附近，每逢週末都會聽到從這裡傳出的吶喊。如果是週末，想必此時的人們一定會興奮得脹紅了臉，大聲尖叫。人類的雙腿絕對快不過馬的速度，因此才會羨慕這種如風般的速度，為時速八十公里而歡呼雀躍。

延在常會想起十一歲那年衝出跑道的事，覺得那時的自己應該跑到更遠的地方，不是這個賽馬場，而是跑到韓半島的盡頭。錯失第一次的機會後，就很難再有第二次了。自從闖了禍後，延在再也無法獲得參賽的機會。但現在回想起來，十一歲的自己那麼拚命奔跑，不是想遠離操場，而是想遠離那個家。離家出走也沒有可去的地方，況且這種想法對現實也沒有任何幫助，只是一時逃避的藉口罷了。如果真的想離開家，早就該在萌生這種念頭前逃走才對。

延在目不轉睛地盯著手機畫面上的薪水明細，又數了一遍有幾個「0」。沒錯，是八十萬，這個月比平時多領了五萬元。說是資遣費，但遠遠不及資遣費該有的金額，大概只能稱為獎金或撫卹金。一直盯著明細看金額也不會突然增加，延在索性把手機放回口袋。店長的表情彷彿在問：「金額沒錯吧？」延在點了一下頭，沒有講話。

「下個月又要調漲基本薪資了，這讓我們這些老闆怎麼活嘛。便利商店也得養家糊口才能繼續做下去啊，不請工讀生沒辦法經營，但賺的錢有一半都要發給你們當薪水，整整二分之一！現在又要漲時薪，這不是要我們關門大吉嗎？」

延在一聲不吭。店長這番話不是為了引起延在的共鳴，只是在自圓其說，實際上的意思是：「我也覺得開除妳很可惜，但我也走投無路。」現在是誰在跟誰訴苦啊？就算店長再苦，但與下個月就要為生活費而擔憂的學生相比，誰的處境更慘呢？但延在還是把話吞了回去，至少在分道揚鑣的最後，店長還算是講義氣。

當初，店長並沒有很爽快地雇用十七歲的延在。當一身制服的延在遞上履歷表時，店長苦笑了一下，連看也沒看就把履歷表推了回去。雖然店長嘴上說，至少也得脫掉制服再來吧，但其實他的意思是店裡不雇用學生。延在也明白，她分明看到網站上寫只徵成年人，卻還是穿著制服去應徵。第二天，延在換了一套便服又去店裡，遞出履歷表。店長依然沒有看，直接還給了她。

「這次是要我化了妝再來嗎？」延在單刀直入地問。

但店長根本沒有要雇用她的意思，隨便打發了一句：「最近的學生不是都化妝嗎？」

第三天，一臉素顏的延在又去了便利商店。店長為了把延在的希望連根拔除，告訴她已經請到人了。但很快的，絕望有了轉機，新雇的店員傳簡訊說找到了其他工作，不能來了。一時失落的店長坐在客人專用的桌子前扶著額頭，延在立刻抓住機會，又遞上了履歷表。

「在您開除我之前，我是不會辭職的。我已經填好了未成年人打工申請書，也請家長和學校簽了字。雖然現在還沒有通過地方勞動署的審查，但很快就會批准的。您可以放心，雇用我不算違法。只要簽好勞動合約，我是不會向勞動署檢舉的。我週末也可以來工作，週五和週六都不會出去玩，也絕對不會發生因為宿醉沒來上班的狀況。我已經背下所有香菸的名字了，要我現在背給您聽嗎？」

在延在背完所有香菸的名字前，店長終於接過她的履歷表，淡淡問了句：「明天能來上班嗎？」

延在立刻回答：「現在上班也沒有問題！」

店長就快四十了，但至今未婚，未來也沒有結婚計畫，他似乎對按部就班的生活不感興趣。正因為這樣，店長才對所謂的正常人生和別人的事不聞不問。店長從沒問過延在家裡的事。雖然店長沒發過獎金，但也沒拖欠過薪水。延在覺得跟店長相處還算合拍，如果沒有意外，這份工作應該可以做到成年。但延在作夢也沒想到，七個月後意外就發生了。

「我這麼拚命還不是為了混口飯吃，再過幾個月妳也高二了，是該埋頭念書了。孩子，還是用功念書吧，別人週末都忙著去補習班呢。現在賺錢沒用，以後賺錢才是正經事。」

眼看就是後會無期的人了，還在那邊老生常談。這次延在也沒吭聲，而是轉頭看向聲音傳來的方向。只見便利店的倉庫門打開，服務業機器人「貝蒂」抱著箱子走了出來。貝蒂看到延在，把她認知成客人後，臉部螢幕立刻顯示出笑臉。

「歡迎光臨。有什麼需要的話，請找貝蒂。」

「哼。」

延在苦笑了一下，店長也尷尬地笑了。店長之前還說絕不會跟機器人一起共事，什麼同事間交流感情最重要。店長似乎看懂了延在在想什麼，馬上辯解：

「比起請工讀生，機器人更便宜。再說，貝蒂有超多功能的，不只能記下陳列食品的保存期限，辨識身分證照片是不是本人，而且還有二十四小時錄影功能……」店長斜瞄了一眼延在，又支支吾吾地說：「我也是試用看看。」

也許是覺得自己也很委屈，店長突然提高了音量：「為什麼所有人都用貝蒂，還不是因為請人太貴了，我也是為了生存啊。別看貝蒂初期費用貴，長期來看更省錢。喂，我為了讓妳在這裡工作，也撐了很久，都有按時發薪，沒拖欠過……」

「……」

「我也不適應這些機器人啊，但人生在世，不就是要不斷挑戰新事物嗎？妳說呢？」

「我又沒說什麼。」

店長就像犯了錯似的垂下頭。當然，延在也覺得自己太小氣了，明明應該感謝店長這幾個月來的照顧，現在卻在這裡生悶氣。但就算心裡這樣想，延在還是說不出一聲謝謝。

「您又把錢拿去賭馬了吧？」

「怎麼可能，妳把我這個店長當成什麼人了？」

「誰教您賺多少花多少。算了，反正也不關我的事。」

延在看了一眼店長，又看一眼貝蒂，轉身打算離開。

店長沒有挽留她，只大聲說了句：「有空來玩，到時請妳吃杯麵。」

延在心想，我又不是乞丐。就在推門走出便利商店的瞬間，延在轉念一想，要不要感謝一下店長做為道別呢？畢竟誰也不知道未來會發生什麼事，只因這點小事不歡而散，也太不值得了。延在猶豫了一下，最後還是沒有回頭。店長不會在意這些的，以後他一定也會笑臉相迎。

延在也明白，這間店使用貝蒂是遲早的事。貝蒂是二〇〇四年K大學製造的韓國首個雙足步行機器人「HUBO」的升級普及版，雖然外型相似，但貝蒂增加了更多功能，動作也能像人類一樣靈活。全世界都在追求更多的利益，正如店長所言，與雇用人類相比，用機器人更便宜。如果光顧便利商店的客人不適應貝蒂，工讀生就不會相繼被趕走了。由此可見，大家也都很接受，而且貝蒂應對粗魯無禮的客人也很得心應手。比如，遇到進門就要菸的大叔，貝蒂非但不會不高興，還能根據儲存的紀錄找出他每天購買的香菸品牌。即使看到吃完泡麵後不丟垃圾的客人，也不會皺著眉頭清理桌子。無論怎麼看，貝蒂都更好用。

下個月，基本時薪就要調升至一萬五千元了。站在延在的立場，這是一件好事，但對店主而言就不是這樣了。政府在毫無對策的情況下單方面調升基本時薪，結果店主只能辭退工讀生，選擇使用即使初期費用昂貴，但長遠來看還是有利可圖的貝蒂。這也是沒辦法的事，況且人類沒有貝蒂那種能儲存客人資料的頭腦。為了理解店長，延在努力說服自己這樣思考，但很快又心疼起自己。幹麼多管閒事，不爽就是不爽，我為什麼還要替別人操心什麼初期費用呢。

結束夏日的雨整整下了兩天，步入九月後，秋天來了。去年夏天，酷暑難耐得就像秋天徹底消失了一樣，今年夏天卻涼爽得讓人不曾察覺到炎熱。延在從幼稚園就相信在二一〇〇年來臨前，地球會因「火刑」而滅亡的傳聞，如今也漸漸失去了可信度。在自己有生之年地球不會滅亡，只能努力地活下去，這才是最令延在遺憾和心煩的。

當延在告訴寶敬自己被解雇時，寶敬的態度就和當初得知她要去打工時一樣不冷不熱。無論延在做什麼，寶敬都沒有反對過，但這絕不表示身為母親的她一點也不關心女兒。如果她真的不關心女兒，就不會在仿生軟機器人[2]比賽的最終面試失敗後，開車載延在去江原道兜風了。當時，面對半夜執意要帶自己和恩惠出門的寶敬，延在心煩得快哭出來了。延在很想大喊，拜託，妳就讓我一個人靜靜哭一下不行嗎？當時被沮喪無力席捲全身的延在坐在後座，一路上一句話也沒說。

凌晨三點多，寶敬終於把車停在某處。四周一片漆黑，打開車窗，可以聽到遠處的海浪聲。延在知道來到了海邊，但不知道寶敬的目的，沒過多久她模模糊糊地睡著了。兩個小時後，恩惠搖醒延在。剛過清晨五點，黎明破曉，淡青色的岩石和大海映入眼簾。延在下了車，寶敬把席子鋪在汽車引擎蓋上，招手示意她過來。延在走到寶敬身邊坐下，片刻過後，只見紅澄澄的太陽從海平面升了起來。那是延在見過的所有日出中最大、最鮮明的太陽。

紅日緩緩地升上天空。

「延在，日出真美啊。」

雖然寶敬只講了一句話，但延在隱約明白了為什麼人們會在元旦這天去看日出。延在望著太陽，過了很久才開了口，她覺得如果現在不說，以後就再也不會說了。

「最後一個問題是什麼來著……科技發展給人類帶來了什麼？科技的發展應該給人類帶來什麼？總之是類似的問題，但我答不出來。」

「為什麼？」

「參加面試的人都是留學回來的，他們提到的技術和我生活的世界相差甚遠。換句話說，就是他們都慧眼獨具，可以看到未來。唉，他們說什麼我都聽不懂，也不記得了。我不好意思回答，感覺會被他們嘲笑，所以沒有開口。」

寶敬忘了那時自己說了什麼，只記得延在看完日出回來後心情好了很多。所以寶敬並沒有把便利商店的事放在心上，況且她也沒有教女兒去賺錢。她內心期待，這樣一來延在就能好好念書了。

本來打算搭公車的延在轉了個方向，沿著莫溪川散起步來。走這條路回家有些繞遠路，但延在打算邊走邊思考一下人生的規劃。

正如店長所言，再考兩次試就十八歲了。到了十八歲，就等於要確定志向了，是要繼續念

2 Soft Robot，具有柔軟的肌肉，更大的運動自由度，更能適應多變環境。

大學，還是早日成為研究員，再不然就要從生產、創業、專職或技術等職業中做出選擇。如今已經過了必須大學畢業的時代，人們都提前為自己的出路做準備。直到去年，延在的夢想還是成為一名仿生軟機器人研究員，但現在這個夢想已經逐漸變得模糊。為什麼想做這件事？目標是什麼？延在給不出明確的答案。因為喜歡機器人，而且可以賺大錢。這種想法更接近答案，但如果這樣回答，八成會直接被淘汰。

「斯特林」像醉酒的大叔一樣靠著電線桿「乾嘔」，打斷了延在的思緒，也停下了腳步。幾分鐘前，延在從店裡走出來時，還在想不要多管閒事，所以看到這樣的斯特林，她再次提醒自己管它是乾嘔還是跳舞，都不關自己的事，但沒走幾步又轉身回頭。她就像感受到斯特林感受不到的痛苦一樣，心想只是舉手之勞，就能讓它停止痛苦，如果置之不理，在維修公司趕來前，它會一直這樣下去。延在長嘆一口氣，摸了摸斯特林光滑的背部，在鋁製表面找到了暫停按鈕。延在按下按鈕後，掀開它的蓋子。雖然擅自觸碰斯特林，會因損壞公共設施罪處以罰金或拘役，但像這樣修理故障的斯特林屬於例外。嚴格來講，這是違法行為，但不知道是不是運氣好，延在從未因修理斯特林被傳喚過。

斯特林徹底停止運作後，延在仔細檢查它的內部。除了廢紙，所有垃圾都被壓縮吸進了內置的圓桶中，但有一條絲巾纏住了處理廢紙的碎紙機。延在知道要是用蠻力拉出絲巾，搞不好會雪上加霜，但這臺斯特林是舊型號，被帶回去也躲不掉報廢的命運，所以她毫不猶豫地伸出手抓住絲巾。絲巾緊緊纏著碎紙機的轉輪，怎麼也拉不出來，無奈之下，延在只好用力踹了一腳斯特林的屁股，伴隨轉輪發出咯吱咯吱的聲響，絲巾一下就被拉出來了。延在動作敏捷地扶住差點摔倒的斯特林，幫它重啟電源。延在無聲的張嘴模仿起熟悉的啟動音：

「您好，我是馬路守護神斯特林。請把清潔馬路的工作交給我。請把垃圾帶回家，不要丟在馬路上。街貓會因您隨手亂丟的垃圾而受傷。」

「好的，好的。辛苦你了。」

延在拍了拍斯特林的肩膀，和成年男人一樣高大的斯特林動了起來。斯特林的腰比腿長，身材比例十分奇怪。畢竟它是為了清潔馬路而製造的機器人。延在把絲巾捲成一團夾在腋下，目光追隨著斯特林的背影，擔心它又會吞下什麼奇怪的東西，但立刻意識到自己不該再多管閒事了。

雞肉料理專門店、蔘雞湯、辣燉雞、雞湯麵、夏季風味的醋雞湯、醋雞湯麵、冷麵……

延在走過字體各異的霓虹燈招牌。剛結束午餐生意的廚房繼續忙得焦頭爛額，塞滿餐具的洗碗機吃力地運轉著，戶外尚未清理的桌子上滿是食物殘渣，招來一群開派對的蒼蠅。延在走進廚房取來抹布，由於掉在桌上的食物殘渣太久無人清理，已經凝固成難擦的汙漬。延在擦到第三張桌子時，寶敬氣喘吁吁地跑過來。

「妳什麼時候回來的？」寶敬看到延在，高興地問：「不是說今天會很晚回來嗎？」

「中午客人很多？」

「那邊的科學院好像在開什麼研討會，不知道是科學家還是研究員，反正來了很多西裝筆挺的人。」

沒有賽馬比賽時，店裡幾乎沒生意，但光靠週日一天的收入，也已經能維持生計了，所以遇到像這樣的平日或週六也有大批客人時，寶敬都會像賺了一筆意外之財般開心。延在也覺得能接待客人總比只有蒼蠅光顧好，但除了有比賽的週日，平時店裡就只有寶敬一個人。儘管生意很好，賺了不少錢，但也累壞了寶敬。

「客人多就提早跟我說一聲。」

「怎麼能麻煩要打工的人。」話才出口，寶敬便意識到延在這時間點出現在店裡很奇怪。

寶敬問延在為什麼來店裡，延在擦完桌子才回答：

「我被開除了。」

「真遺憾。」寶敬的語氣十分平靜。

為戶外餐桌製造了樹蔭的大梧桐樹下，是恩惠的專屬座位，中午生意結束後，恩惠會悄悄地在梧桐樹下用平板電腦看電影或看書，今天卻不見她的身影。

「禹恩惠呢？」

寶敬沒回答延在的問題，而是念了她一句：「都教妳叫姐姐了。」

延在剛要回嘴，但還是吞了回去。「姐姐」兩個字她怎麼也叫不出口。就算寶敬不說，延在也知道恩惠去哪了。擦完最後一張桌子，延在穿過前院。

「妳要是覺得累，就也用個機器人吧。」看寶敬一個人忙手忙腳地清理餐桌，延在很心疼她。

寶敬斬釘截鐵地回了句：「我才不要。」

這是預料之中的反應，反正也沒期待寶敬給出肯定的回答。延在覺得這不是因為機器人而失業的自己該講的話，於是快步離開餐廳。

以前夏天時，從莫溪川到大公園這一帶都是綠油油的草地，但如今一年四季就只剩下灰塵和沙土。沙漠化越來越嚴重，延在不禁懷疑在韓國這片土地上，最先變成沙漠的地方應該就是自己家附近。一陣夾雜細沙粒的風吹來，延在趕快捂住嘴巴和鼻子，朝賽馬場走去。

幾年前，賽馬場新設了一個入口。每逢週末，賽馬場就會亮起耀眼的霓虹燈。入口處人山人海，隨處可見招攬ＶＩＰ客人的商販和實況轉播的電視臺轉播車。不知從何時起，大公園附近的賽馬場有了「第二夢想之都」的稱號，但這裡是只為大人存在的世界。新騎師的登場讓荒廢已久的賽馬場起死回生，這些騎師非常了不起，即使墜馬也不會摔死。雖然損壞嚴重的騎師會被報廢，但沒有了人員傷亡的擔憂，賽馬速度變得越來越快。人們再次沉浸在如同賽車的快感中，隨著下注的電子貨幣金額越來越高，相繼也出現很多大撈一筆、賺到比中樂透更多錢的人。一夜暴富的傳聞一傳開，所有人都懷著重啟人生的希望走進賽馬場。

賽馬場周邊商圈也重獲生機，延在家的餐廳也走出瀕臨倒閉的困境。不過，即使有比賽的週日就足以賺到一個星期的收入，但也沒有讓情況出現戲劇性的好轉，因為那些錢也只夠用一個星期。

延在又想起被解雇的事。如果自己也能無所畏懼，說不定也可以趁機賭一下。但在賽馬場附近長大的她，比起一夜暴富，看到更多的是賭到傾家蕩產，最後被趕出馬場的人。

北門的售票亭就像被歲月侵蝕的遺址般矗立在原地，在這個瞬息萬變的賽馬場，荒廢已久的售票亭變成孤零零守護歲月的地縛靈。不再使用的售票亭成為保全人員隱密的休息空間。延在搖晃了兩下緊鎖的鐵門，轉身走向售票亭，一把推開窗戶。在售票亭裡蒙頭大睡的多映嚇得猛地坐起身，一頭天生自然鬈的頭髮把髮圈都彈了出來。多映驚嚇的表情在自然鬈的襯托下更加生動了，那雙望著虛空的大眼睛看到推開窗戶的人是延在時，才露出傻笑。

走出售票亭的多映邊綁起頭髮邊問：「這個時候來有什麼事嗎？」

延在覺得上班偷懶的多映很厚臉皮，但不想告訴她自己被解雇了，於是開門見山地說來找恩惠。

多映把雙手插進屁股上的口袋。「我不知道妳在說什麼？」

「地上有輪子的痕跡耶。」

多映下意識地看向地面，但沒發現輪子的痕跡，正打算對信口胡謅的延在回嘴，結果被延在搶先。

「快點開門，不然我就打電話告訴你們組長。」延在威脅。

「喂喂，我又沒說不幫妳開，妳個性怎麼那麼急呢。」多映走回售票亭，取來鑰匙。

去年，多映在賽馬場找到這份工作。聽寶敬說，多映是因為喜歡這套讓人聯想到野生動物園保全的制服，才參加了賽馬場的面試。因為好吃的辣燉雞慕名而來的多映，一個人跑來店裡掃光雙人份的辣燉雞和三瓶燒酒後，除了身分證最後幾個數字，幾乎把所有事都告訴了寶敬。多映最初的夢想是成為消防員和警察，理由是制服很帥。會跑去主題公園打工也是因為制服好看，但隨著年齡增長，多映不得不找個穩定的工作。在筆試接連失敗後，多映察覺到家裡就快跟自己斷絕關係了，心急地在就業網站找起工作，只要看到「提供制服」四個字，無論什麼職業，她都會跑去面試。這就是多映來到賽馬場的歷史。

當延在問多映「妳為什麼那麼喜歡制服」時，多映獨自坐在戶外餐桌前，清空了一瓶燒酒和一碗雞湯麵。已經入春一段時間了，但夜晚的風還很涼，鼻頭凍得通紅的多映笑嘻嘻地回答，我喜歡歸屬於某個地方的感覺。那時的多映就像漫畫主角，是什麼樣的角色不清楚，但就算是瘋丫頭，也不是惹人厭的那種……總之，正中了命理師說的今年有就業運，多映突破八點五比一的競爭率，在賽馬場找到了工作。隨著賽馬場的生意日漸興隆，延在心想，多映應該不會像自己一樣失業，但保全機器人「波力」已經取代被解雇的二十多名保全，看樣子售票員的工作也快要岌岌可危了。

多映的敵人是電子自助服務機。幸運的是，目前為止她還能與兩臺自助服務機和平共處，很多人還是會來找她買票。這樣看來，短時間內她應該不會被解雇。不過，如果被發現她違反規定隨便放人進來，就另當別論了。

北門有一臺監視器，但可能早就壞了。儘管賽馬場的設施升級轉型，基礎設備仍舊漏洞百出。多映之所以敢這樣膽大妄為，正是因為如此。

多映把鐵門打開了一道能讓延在通過的小縫，她提醒延在：「恩惠應該在馬房，小心點，不要被波力發現。」

即使多映不說，延在也知道恩惠在哪裡。馬房位於北門的反方向，如果能直接穿過去就好了，偏偏中間隔著賽場，只能繞著賽場外圍走很長一段路。幸虧天氣很好，要是下雨或大熱天，延在會很不爽。不，如果是那種爛天氣，延在才不會來找恩惠呢。

恩惠從四年前開始出入此地，那時剛好引進了新騎師，電視也大肆宣傳賽馬場重新開業和大規模升級系統的消息。所謂升級系統，是指在賽場天花板上透明的全息投影布幕。比賽開始前，全息投影布幕會播放草原或海邊的風景，無論是對觀看比賽的人還是參賽的馬匹，都會帶來視覺上的興奮。此外，還有一件事與之前不同，賽馬場宣稱只購買賽馬之間交配的馬。

只讓實力優秀的賽馬進行交配，進而產下速度越來越快的馬。直到現在，延在也不理解這句話的意思。以這種方式誕生的馬，經過幾代後會跑多快呢？就算牠們跑再快，也還是只能在賽場上奔跑，延在覺得這是在浪費牠們的發展和才能。

據延在回憶，進口馬是自己剛上國小時被送來的。延在家離馬場很近，當時一連好幾天都可以聽到馬房傳來傷心的哭聲，半夜都能聽到哀號。但不知道那些馬是無法適應陌生環境，還是知道自己被送來了賽馬場。

寶敬安撫著難以入眠的延在和恩惠說，那些馬是在思念故鄉而哭泣，要體諒牠們。幾天後，延在看到恩惠偷偷溜進馬房，跟馬對話。恩惠說，她只是想陪那些孤獨的馬聊天。儘管延在警告恩惠，如果被發現會被罵死，恩惠並不在意。恩惠之所以能自由出入馬房，是因為有幫她開門的北門售票員多映和馬房管理員珉周，他總是一邊整理飼料、一邊等著她來。

馬房的門開著一條縫，延在確認四下無人後，走了進去。管理馬房比任何事都重要，這裡是賽馬場所有設施中採光和排水最好的空間，環境近似於草原，每天都會更換土壤，完全聞不到排泄物的味道。但在延在看來，再嚴格的管理、再舒適的環境，但對於應該在草原上奔馳的馬來說，馬房始終是牠們的監獄。沿著長長的走道，兩側都是只能容納一匹馬的隔間，隔間四面都是混凝土牆，左右只能移動五步，無論怎麼看，這裡都和監獄的牢房一模一樣。

「這些馬就像在坐牢。」

聽到延在這樣說，珉周辯解：「表面上看是這樣，但這裡的設計是很科學的。牆壁防風、防水，為了減輕牠們亂踢時的衝擊，還加了緩衝材。房頂也有散熱功能，還可以阻斷熱氣和冷氣。為了通風和採光安裝的大窗戶，比我家的窗戶還大呢。這裡的主人是這些馬，是為了牠們而建造的科學環境。為了不讓牠們有壓力，我也付出了很多努力呢！」

珉周氣喘吁吁地辯解完，延在不以為然地反駁：「就算是這樣，這也是囚禁。」

珉周啞口無言。就算不讓這些馬感受到壓力，營造與草原相似的環境，但這裡始終不是草原。每次延在走在馬房裡，都感到鬱悶，那些望著自己的馬眼神看起來都很悲傷。恩惠說，馬的眼神像是在思念什麼，但延在並不認同，思念要有明確的對象，牠們一生下來就被送到這裡，會有什麼記憶呢？這些從未在草原上奔跑的馬，有的只是不知源頭的憂鬱。雖然被關在這裡，卻不知道自己在渴望什麼。步入文明社會後，在馬的記憶基因裡，似乎馬房遠遠多過了草原。

延在終於找到坐在輪椅上的恩惠，她正在餵 Today 吃堆在膝蓋上的燕麥草。Today 是馬房的女管家，直到去年，牠還是出類拔萃的 A 級馬，但今年開始因為關節惡化，連上場比賽都很困難。雖然 Today 接受藥物治療後休息了幾個月，但未來能否重返賽場還是未知數。

延在靠近時，恩惠頭也不回地問道：「被解雇了？」

延在瞪大眼睛。「妳怎麼知道？」

「妳這個時間來找我，還能有什麼原因。便利商店最後還是用了貝蒂？」

「沒辦法，誰教基本時薪漲了，只能再找別的工作了。」

「店長沒叮囑妳不要打工，好好念書嗎？」

延在又嚇了一跳。「妳到底是在哪偷聽？」

「對一個不念書只顧打工的十七歲孩子，除了這種話還有什麼好說的？」

說得也是……延在說不過恩惠，失落地點了點頭，然後靠著Today坐了下來。Today把鼻梁探出鐵窗，碰到了延在的肩膀，牠是想告訴延在自己還記得她。

延在伸手撫摸著Today的鼻梁，一邊思考起店長的話。店長說，如果人有想做的事情，就不會磨磨蹭蹭的。他還問延在，是否曾經體驗過朝著某一個目標加速前進。

為了參加仿生軟機器人大賽而著手準備的那段時間，就是延在人生中腳踩加速器的時期。大賽將在全國十三到十九歲的孩子中，選出十名在仿生軟機器人領域具備出眾才能的學生，提供前往德國研修的機會。國中的科學老師早就看出延在在機器人領域聰慧過人，於是教她回家認真思考一下，如果感興趣就去報名，有不清楚的地方再來問老師。當晚，延在坐在電腦前，很快便寫好了報名表，而且每一項都寫滿字數。無可挑剔的簡介順利通過第一輪篩選。

第二輪測試也很簡單。為了了解學生對仿生軟機器人的理解程度，大賽要求大家在指定時間內利用救難機器人「DARPA」救出壓在十噸重建材下的人體模型。延在得心應手，很快就完成任務。就算把這看成是為延在打造的測試也不為過。但在最後的決定性瞬間，延在卻因猶豫不決，親手斷送了出國的機會。如果是無可挽回的失誤，延在至少可以果斷地承認錯誤，重新振作。但只是沒有回答出一個問題而已，這讓她內心的痛苦無處傾訴。

延在站起身，拍了拍褲子，然後抓了一把堆在恩惠膝蓋上的燕麥草遞給Today。也許是剛才吃很多了，Today只是聞了聞味道，就無精打采地轉開了頭。

「連你也不理我。」延在把燕麥草丟進馬房，撣了撣手。「回家吧。妳還沒吃午飯吧？」

聽到延在的話，恩惠用手撫摸Today的鼻梁和下巴，把臉貼在牠的額頭上閉上眼睛，無聲地道別。再忍耐一下，很快就會有人來治療你了。Today就像聽懂了恩惠的話，輕輕搖著尾巴，呼出淺淺的鼻息。

靠在牆上等待的延在看到走道盡頭露出了一隻腳，恩惠還需要一些時間，於是她朝盡頭走去。在那裡，延在遇到了「那個東西」。

停掉了？被人丟在這裡的？它一動不動，看來是故障了，才丟在這裡。像牧場主人一樣悠閒地躺在乾草堆上的東西，是個騎師機器人。延在隔著最後一個馬房探出頭時，戴著掉漆綠色頭盔的騎師抬手向她打了一聲招呼。

「你好！」

延在下意識地縮回了頭。是騎師，但它為什麼躺在乾草堆上？延在知道騎師房在隔壁那棟建築。

延在又探頭看向戴綠色頭盔的騎師，騎師看了看自己的腳趾，然後轉過頭，兩個眼睛看向延在。騎師歪了一下頭，雖然只有兩個眼睛的臉看不出任何表情，至少可以感覺到它沒有敵意。延在緩緩打量著騎師，這才發現它的骨盆徹底碎了。

除了幾條像神經一樣的電線，脊椎和骨盆的零件全部損壞。顯然墜馬時，它的臀部著地後又被馬蹄踐踏的可能性很高。延在不自覺皺起眉頭，彷彿替騎師感受到了痛苦。也許是為了回廠修理，才把它放在這裡吧。

「妳找我有什麼事嗎？」騎師講話時，脖子上的感知器就會發出綠光。

延在猶豫了一下，才往前又走幾步，看到騎師頭盔上的編號是「C-27」。為了仔細看摔碎的部分，延在踩著乾草堆、跪在騎師身邊。這種損傷程度，徹底更換下半身可能還比較省修理費。延在用手指碰了一下騎師以碳纖維製成的骼骨，碳屑如同餅乾渣一樣掉了下來。延在嚇了一跳，她想趕快把掉下來的碎渣貼回去，但為時已晚。

「沒關係，我已經徹底壞了。」

延在越是想把碎渣貼回原位，越是適得其反。沒辦法，最後只好放棄。出於抱歉，延在緊閉著嘴。

騎師淡定地把自己摔壞的過程講了一遍：「比賽時，我從馬背上摔下來，然後被後面的選手踩過去。是我的失誤，比賽不該胡思亂想，但我突然覺得天空好藍……」

延在覺得這個騎師講話很特別，與至今見過的騎師機器人的語言表達能力截然不同。

C-27，也就是日後叫花椰菜的騎師機器人，把雙手疊放在胸口說：「所以我想像了一下，在藍天下的草原馳騁該有多好。不是大螢幕播放的假草原。妳在真的草原上騎過馬嗎？」

花椰菜的話音剛落，只允許員工出入的後門開了。延在嚇了一跳，猛地站起。如果不是認識的人，她肯定頭也不回地推著恩惠直接逃走。幸好那個人是珉周。珉周雙手提著裝滿飼料的鐵桶，比擅自闖入的延在更吃驚，嚇得倒抽好幾口氣，叫住了姐妹倆。

延在用帶有手把的藍色塑膠水瓢舀滿飼料倒進碗裡，聽到飼料掉進碗裡的聲音，馬房裡的馬都走到了碗前。珉周已經習慣了這種情況，所以沒有問她們為什麼來，卻問起延在怎麼會被解雇。

「你們也太關心我了吧。如果能把關心換成錢該有多好呢。」

珉周的多嘴一問，招致了延在的嘲諷。

「真麻煩，為什麼要用手一碗一碗舀呢。」

聽到延在的抱怨，珉周馬上回擊：「餵個馬都嫌麻煩，妳到底還能做什麼？」

「只是說說而已。」

「那妳發明一個餵馬的機器啊。」

延在抓住機會說：「那給我五百萬，怎麼樣？」

「簡直是明目張膽的詐騙。」

「要我幫你算算材料成本嗎？你該不會是沒算進人工費用吧？」

延在緊鎖眉頭，嘟起嘴，臉上彷彿寫著「唉，不會吧」。珉周自知說不過延在，適時地舉起了白旗。延在正準備要餵第五匹馬時，珉周阻止了她。

「剛才餵過，不用再餵了。」

雖然剛才吃了飼料，但馬聞到飼料的味道又開始興奮了……

延在問：「再餵一點不行嗎？」

珉周堅決地搖了搖頭。雖然珉周沒有直接說不行，但畢竟他是管理員，所以延在聽從了他的話。

餵完最後一匹馬後，工作才算結束。珉周指著正門示意她們可以走了，延在的視線卻一直看向後門的乾草堆。剛才珉周看到延在和騎師交談，他卻對那個騎師隻字不提。餵馬時，延在以為珉周會主動提起，但到最後也什麼都沒說。延在有些不知所措，雖然珉周話不多，但以往一起餵馬時都會聊一些瑣事。比如原本不被看好的馬是如何在昨天的比賽意外獲勝。延在心想只要等下去，珉周就會主動開口提那個騎師了，但他只是站在馬房前揮手道別。

「路上小心喔。」

往前走了一段路，延在終於按捺不住好奇心，跑回馬房叫住珉周。

延在撩了一下短髮，問道：「剛才在那邊的騎師……」

沒等延在把話講完，珉周便打斷她的話頭。

「妳不要管那個騎師，它很快就會被報廢了。」

面對珉周早有準備的反應，延在更加不知所措。

墜馬摔毀的騎師有很多，畢竟它們本來就是為了賽馬而製造的機器人。

人類騎師成了妨礙賽馬跑出最快速度的原因之一。為了克服這個問題，需要比人類更輕、即使墜馬也不會有生命危險的騎師。騎師機器人的平均身高為一百五十公分，加上身體由碳纖維製成，也比人類輕得多。這些機器人不僅有緩衝功能，而且關節靈活，還有比上半身更長的手臂，以便它們撫摸馬的脖子。為了區別騎師，還製造了不同顏色的頭盔。這些為了賽馬而製造騎師會在墜馬後報廢處理，然後便會有新騎師取代它們。珉周只是覺得花椰菜講話與其他騎師不同，因為它想在被報廢前看一看藍天，才讓它離開了騎師房……

當問花椰菜覺得天空如何時，它說，就像雨過天晴一樣，既蔚藍又蒼白。

「為什麼騎馬時要看天空？」

「天空那麼耀眼，怎麼能不看呢？」

延在也感受到了那種不同。珉周隱約料想到，與花椰菜交談過的延在不會對它置之不理，甚至可能會提出要買走花椰菜。

總之，當下誰也無法做出任何判斷。聽到珉周說即將報廢那個騎師時，延在也假裝理解，點了點頭。

第二天，延在像一頭蠻牛那樣，出現在珉周面前。

「我只有六十萬。」

面對延在的牛脾氣，無言的珉周用力抓了抓頭髮。

「不是，我都說不能賣了。」

「真煩耶！好吧，六十五萬。」

騎師機器人的定價是好幾百萬，但這是購買價格。有別於其他機器人，騎師機器人是消耗品，更何況參加過比賽的騎師狀態都很糟，沒有可回收的零件，通常要報廢的騎師應該送回相關機構，但都沒人願意接手，所以很多騎師機器人會以不到半價的價格被轉賣。轉賣屬於非法交易，因此很多公司會宣稱機器人已經成了廢鐵再私下轉手。延在之所以理直氣壯地開價要買走花椰菜，就是因為她對這種流通過程瞭如指掌。要知道這些內幕並非難事，只要點進機器人非法交易網站就可以了。但就算這些事人盡皆知，也不能跟一個學生非法交易吧。

「禹延在。」

珉周很嚴肅地叫了延在的名字，但延在充耳不聞。

「七十。」

「……」

「好啦，八十。」

「……妳等一下。」

珉周終於妥協，他走到旁邊去打電話。延在露出了勝利的笑容，但還是沒有完全放心，因為就算珉周同意，上面有人不同意的話就等於是空談。延在挺直了腰，緊張地站在原地，但她知道就算被拒絕，自己也不會輕易放棄。想當初便利商店的工作也不是白白到手的。延在心想，無論用什麼方法，都要把那個快被報廢的騎師弄到手。

怎麼能輕易放棄那個讓自己失眠、日思夜想的「東西」呢？當然，在做出這個決定的過程中，延在並沒有先徵求寶敬的同意。要是如實告訴寶敬，大概日後連賽馬場都不能來了。雖然偷偷溜出家門時被恩惠發現，但恩惠通風報信的可能性幾乎為零。這跟義氣無關，而是姐妹倆沒有親密到會把彼此的祕密和計畫告訴別人，就算那個人是寶敬。

過了一會，珉周掛上電話走回來。

「延在。」

「嗯？」

「妳有能帶走它的推車嗎？」

寶敬

寶敬繼承了母親的好廚藝。即使沒有專門學習料理，從小養成的味覺總能讓她做出鹹淡適中、美味可口的佳餚。母親不僅煮得一手好菜，煮的量也很大，常會分給左鄰右舍。得益於此，寶敬一家和鄰居相處得十分融洽，搭電梯時大家都笑臉相迎。但「某某家的女兒」這種形容詞總是給寶敬帶來很多困擾，人們會透過她來評價母親，所以出門在外，無論何時都要面帶微笑、端莊得體。與母親的這種關係讓寶敬感到身心俱疲，所以她暗下決心，以後自己有了孩子，一定要跟孩子徹底畫清界線。

寶敬時常覺得，正是因為那時建立起的鄰里關係，才引導自己走上了演員之路。寶敬的推理不無道理。既然我這麼討人喜歡，那不如讓更多人喜歡我。這種想法一直在寶敬腦海裡揮之不去，所以在二十歲那年，她選擇了演技學校，而不是大學。

試鏡通過後，寶敬正式開始學習發聲和表演。演技學校的學費不是筆小數目，母親一人負擔這筆費用，壓力一定不小，但寶敬知道母親會毫無怨言地支持自己的夢想，所以更加理直氣壯地把繳費單放在餐桌上。

原本是銀行職員的母親未能躲過機器人普及的浪潮。新聞天天說，即使科技再發達，距離融入現實生活仍是遙不可及的事，所以母親在毫無準備的情況下被淘汰了。母親的大腦根本無法超越計算精準的機器人。

但被淘汰的人也沒有被逼上絕路。銀行把這些失業員工召集起來，分配了銷售保險的工作。母親可以用一手好廚藝征服所有人，卻沒有講話的才能。因此母親不是用語言，而是用美食招待客戶，有人答應買保險後，再送一些小菜作為答謝。總之，母親最後用退休金加上銀行貸款，在家附近開了一間雞肉料理專門店。

雖然母親常說，沒有人能預知何時拉開人生的第二幕，但在寶敬看來，母親人生的第二幕不過是未能順應時代的一場墜落。即使大街小巷出現了很多機器人，母親仍覺得事不關己，這種態度最終淘汰了她。當然，機器人的出現與寶敬毫無關係，就算機器人是萬能的，也不會有人想看機器人演的電視劇。問題在於那一場突如其來的大風，把寶敬吹到了懸崖邊。

寶敬就讀的演技學校以隔音好為由，把練習室設在地下室。前輩介紹地下練習室時，敲了敲不斷掉屑的牆柱，講解著錯誤的常識：「別看這棟樓已經一百多年了，混凝土的壽命可是兩百年。」前輩還說，很多成功的演員都是從這裡走出去的。為什麼練習室要設在地下？因為植物都把根紮在地裡，在這裡打好基礎才能在地面上開花。前輩的一番話聽起來就像鼓舞人心的臺詞。寶敬心想，曾是銀行員的母親一夜之間變成要還銀行貸款的餐廳老闆，這種曲折的人生必定會成為自己演藝生涯的背景，只要努力一定可以成功出道。但三年後的冬天，練習室發生了火災，而且偏偏是在聖誕節。

雖然三年前寶敬沒有一舉成名，但也拍了兩部女導演執導的短片，在各大影展獲了獎，寶敬還被雜誌評選為演藝界的明日之星。那時小有名氣的寶敬雖也收到過男導演的劇本，但都因不滿意角色而婉拒了。寶敬不希望自己的作品列表裡出現拿不出手的作品。

練習室發生火災當天，沒有任何不祥的徵兆。再過幾天，寶敬就要二十四歲，而且在二十四歲那年的一月，她即將出演大型企劃系列影集的女刑警。眼看寶敬就可以拿到簽約金，離開這個憋悶的地下室，搬到一間可以看到漢江風景的練習室了。

練習室有很多新人。那天寶敬感到頭暈目眩，透不過氣，還懷疑是不是自己太陶醉於取得的成功。直到整棟樓坍塌，她才知道自己感受到的頭暈目眩不是自我陶醉，而是瓦斯外洩。轉瞬間，百年的混凝土就像餅乾渣一樣塌了下來，寶敬被埋在地下二樓。由於無法躲避瓦斯爆發的熱氣，寶敬的臉留下了嚴重的燒傷痕。若能馬上接受皮膚移植手術，也許還可以挽回一張白淨的臉。但寶敬被送往醫院是在事故發生的三天後，在那段期間，寶敬只能一動也不動地等待救援。

第二天，形似水蛭的救難機器人抵達地下二樓。機器人為了確認是否有倖存者而環視四周，感應到寶敬的體溫，隨即向地面的搜救人員傳送位置。搜救人員的電腦立刻顯示出寶敬的體溫降至三十五度，右腿嚴重擦傷，以及右側第七、八條肋骨骨折。坍塌的建築隨時會再次坍塌，加上當晚下起大雪，影響了搜救速度。寶敬的生存指數持續下降，母親的餐廳也停止營業了。

第三天，安全氣囊送至最後一根鋼筋下面，開始充氣。陷入昏迷狀態的寶敬根本無從得知壓在腿上的鋼筋被安全氣囊撐住了，她的生存指數降到了百分之三。一名消防員試圖用纜繩下到地下二樓，但當時又下起了雪，撐在鋼筋下面的安全氣囊看起來隨時會因為雪滑而出現危險，所以機器人阻止了消防員。

現在寶敬的生存指數是百分之三，二十秒內很可能降至百分之零。鋼筋從安全氣囊滑下來的機率為百分之八十八。如果現在下去，消防員也會有危險。

機器人的計算準確無誤，但消防員不顧阻止，毫不猶豫地前往地下，救出了寶敬。正如機器人計算的，寶敬在二十秒內沒了呼吸，纜繩拉起他們的同時，鋼筋也從安全氣囊上滑落。這場搜救險些讓消防員送命。救護人員立刻對寶敬實施心肺復甦術，百分之零的數值回升到百分之十，隨即直升到百分之九十。機器人不知道的是，人類就算斷了氣，也還是有起死回生的可能。

寶敬的右臉留下手術也無法消除的傷疤，簽約的電視劇化為泡影。製片公司解約的理由是，即使透過手術可以復原百分之九十八的容貌，但需要太長的時間。寶敬不肯和任何人講話，也不想見任何人。母親每天早上送來食物，但寶敬連便當盒的盒蓋也沒打開。寶敬白天躲在被子裡，晚上半睜著眼睛望著窗戶，她沒有去想為什麼自己的人生如此坎坷。每呼吸一口氣時，肋骨都疼痛難忍，透過這種疼痛，寶敬可以感受到自己還活著。寶敬一直在思考的是，出院後，該選擇哪種方法終結生命。

住院一個星期後，寶敬見到了那位消防員，但不是寶敬主動想見的。

消防員來探望寶敬時，寶敬還是誰也不想見，但她實在不忍把救命恩人拒於門外。寶敬對著鏡子梳理好頭髮，又塗了無色護唇膏。消防員走進病房，點頭打了聲招呼。看到消防員的瞬間，寶敬後悔了。寶敬在心裡碎念著：「真是的……」有時，活下去的理由就是這麼簡單。

是生命讓這對男女相遇，兩個人很快便墜入愛河。消防員時不時就來探望寶敬。之前一直躲在棉被裡的寶敬自從見過消防員後，每天早上睜開眼睛做的第一件事就是梳頭髮。等待一個人，讓一天的時間變快了。隨著時間快速流逝，寶敬也恢復了健康。

大腿骨和肋骨癒合後，馬上進行了臉部皮膚移植手術，醫生將寶敬大腿內側的皮膚移植到她的臉部。其實只要化妝就可以遮住疤痕，但寶敬沒有那樣做，因為落下的傷疤不可能遮掩一輩子。最重要的是，未來將廝守一生的消防員見證了整個治療過程，而且毫不在意她臉上的疤。在人生低谷遇到的人令寶敬感到踏實。

消防員向寶敬求婚當天，左手無名指上戴著戒指的寶敬問道：「那麼危險，連你也差點送命，為什麼還要救我呢？」

「不是還有百分之三的希望嘛。」

「但只有百分之三而已。」

「人類不是機器，就算電源熄滅也不表示徹底停止運轉，百分之三意味著還是有活下來的希望。」

結婚後，寶敬的人生朝著與原本計畫相反的方向發展了下去。寶敬沒有放棄演員夢，也不像從前那樣急於求成了。比起大眾的目光，一個人的視線就足以讓她感到幸福。寶敬憑藉拍過短片的經驗，在出版網路小說的出版社找到一份負責開發影視化小說、撰寫企劃案的工作。雖然寶敬沒有找到拍電影的經驗與開發好故事的關聯性，但在就業艱難的當下能找到一份工作已經令人感激。儘管工作繁忙，但公司氛圍很好，不會強迫員工加班或聚餐，寶敬做了很多年。出於工作性質，寶敬漸漸不再執著於成為演員，而是對創作劇本產生興趣。下班回家後，她也試著坐在電腦前創作，卻一個字也寫不出來。寶敬始終覺得自己寫的東西很不切實際。

從不相信命理的寶敬到廟裡求了一道平安符，為了驅趕厄運，她還把平安符放在消防員的枕頭下。寶敬不迷信，但婚後為了守護這份平安與幸福，她做了很多嘗試。百分之三的數值一直令寶敬坐立難安，正如自己險些因為百分之三送命一樣，她很擔心消防員也會遇到危險。

結婚第四年，他們迎來了大女兒恩惠，兩年後又有了小女兒延在。恩惠七歲時，骨髓感染了小兒麻痺病毒，雖然及時接受治療，還是沒有躲過坐輪椅的命運。醫生輕鬆地說，等孩子滿十六歲後，可以像製造人類骨架和關節一樣，利用符合恩惠身體的材質訂製一雙腿。醫生沒有提及費用，寶敬還以為那是誰都承擔得起的手術費。

為了照顧恩惠，寶敬辭去出版社的工作。雖然消防員也甘願為孩子辭職，但寶敬還是以自己想休息為由留在家裡。

寶敬跟同事開玩笑：「以後回來，你們可不要不理我喔。」

大家紛紛送上準備的禮物，調侃似的對寶敬說：「希望日後能在電視劇裡看到妳。說實話，開發故事，妳太沒天賦了，還是回去演戲吧。」

多虧了這樣的同事，寶敬才沒哭著離開公司。

為恩惠買第一臺輪椅那天，消防員也給延在買了一輛三輪腳踏車。兩個孩子接受了消防員一個多小時的安全教育，到漢江公園練習了一整天。

那年，母親也闔上了雙眼。三年前，母親確診初期乳癌後動了手術，但不到三年，病情再次復發，癌細胞快速轉移到了大腦。醫生建議用奈米機器人摘除癌細胞，但母親已是末期，腦紋之間早已佈滿癌細胞，痊癒的可能性渺茫，而且費用令人嘆為觀止。母親以接受過兩次化療和餘生時日不多為由，拒絕再做手術。寶敬也沒有反對母親的選擇。

經營十多年的餐廳關門了。母親不僅還清了貸款，還留了一筆自己的喪葬費用。寶敬與母親間並不存在一般母女間的牢固連結，所以寶敬很平靜地接受了母親的選擇。但當母親握著自己的手說：「謝天謝地當年妳沒有死在那個地下，我才多活了這些年。」寶敬還是鼻頭一酸。

在消防員沒有放棄的百分之三中，蘊含了很多意義。有一次，寶敬望著漢江的晚霞對消防員說，希望孩子們努力前行，不要停下來。即使人生會在毫無預告的情況下改變方向，哪怕因此狠狠撞在牆上，撞出很嚴重的傷，但只要能站起來，找到對的方向就可以了。只要還有百分之一的希望，就可以重拾改變狀況的能量。

那天，消防員的生存指數為百分之八十。

六十層樓高的五星級飯店發生瓦斯爆炸的同時，出現了坍塌。連月無雨的乾燥天氣使得火勢愈演愈烈。不僅飯店，附近的建築也接連起了火。救護車、消防車和消防直升機紛紛在十分鐘內抵達了事故現場。

救難機器人首先進入建築內，展開初步滅火，並向消防員傳送倖存者位置。由於瓦斯持續外洩，接連又發生幾次爆炸，餐廳廚房所在的五十八樓徹底變成火海。消防員們必須在火勢蔓延至另一個廚房瓦斯室所在的五樓前，安全疏散所有員工和房客。雖然滅火工作持續進行，但火勢始終未減。

寶敬在距離現場稍遠的地方確認著消防員和同事的生存指數，只見藍光在百分之九十到八十之間忽上忽下。雖然這個數值讓人鬆一口氣，但寶敬依然緊張地祈禱火勢快點退去。不到十秒鐘，百分之八十的數值就掉到了百分之零。寶敬盯著快速下降的數字，彷彿消防員從樓頂墜落到了地面。

寶敬堅稱是機器故障，但隨後便看到防護服融化、窒息而死的消防員被抬出來。問題出在那身長年未更新過的防護服上。

十年前，消防員力爭消防改革，在投入大量預算購入兩百一十臺救難機器人後，消防當局判斷因為有了機器人，沒必要再更新其他裝備。但消防員之間都在流傳，是政府將所有預算投入在開發生產機器人上，才沒有更換其他裝備的預算。儘管大家抱以希望，相信只要再等一陣子就能更換裝備，但一晃十年過去，還是沒有任何進展。

黏在手上的手套根本摘不下來。寶敬就像消防員第一次碰觸自己燒傷的臉一樣，抬起消防員血肉模糊的手，放在自己的臉頰上。

「只有百分之三的我都活下來了，為什麼百分之八十的你卻死了！你怎麼可以這樣！」

雖然消防員身穿防護服，仍全身燒傷、肺部積灰。寶敬用力按壓消防員的胸部做心肺復甦術，但始終沒有發生奇蹟。

寶敬得到一筆消防員的死亡保險金。為了生活，寶敬必須再找一份工作，卻沒有公司願意雇用她。寶敬也沒有勇氣再回去之前的出版社。還有兩個孩子要養，但家裡就只剩寶敬一個人了。曾經以百分之三的生存指數活下來的寶敬，就這樣擔負起百分之三百的生活重擔。

寶敬直奔銀行，質問機器人要如何運用消防員的死亡保險金，讓一家三口不會餓死。奪走母親工作的機器人建議寶敬用那筆保險金開一間餐廳，理由是透過分析寶敬的生活數據發現，她的母親曾有貸款經營餐廳的紀錄，而且光顧的客人人數穩定，由此判斷這是一個比較沒有風險的選擇。

始於母親廚藝的人生在漫長的軌道上繞了一圈後，又回到了原點。寶敬從房屋仲介那裡得知果川市的賽馬場即將重新開幕，於是立刻收購了一間附近瀕臨倒閉的餐廳。寶敬沒花什麼大錢重新裝潢門面，還在餐廳後面蓋了一間房子，就在那裡安頓了下來。即使沒做任何研究，只是跟隨自己的味覺，寶敬仍很快便鑽研出母親的味道。雖然沒能成為電視臺介紹的人氣美食餐廳，也吸引了不少老顧客。寶敬就這樣成為「雞肉料理專門店」的老闆。

果川市成為寶敬人生的定居地，她很安於現狀，別無他求，唯有一點——她討厭那些引領時代革命的機器人，希望這些廢鐵不要再介入自己的生活。

即使寶敬明知延在對機器人很感興趣，也有這方面的才華，卻故意視而不見。得知延在在仿生軟機器人比賽遭到淘汰時，寶敬還暗自慶幸。面對為什麼那麼討厭讓人類的生活變得更豐富的機器人時，寶敬也說不出確切的答案。總之，即使生活並不富裕，寶敬還是很知足，她只希望平安過好再也不用擔心生存指數的每一天。

但那是延在把那個幾乎算是垃圾的騎師機器人帶回家之前。

「真奇怪……」

寶敬用手掌撫著額頭。上週訂購的紅糖不見了，明明放在食材櫃裡的。十五公斤的紅糖不可能掉在哪個縫隙裡，但寶敬還是脫下圍裙，跪在地上查看抽屜和地板。

寶敬拍了拍手掌上的灰，一臉不解的翻開帳本，上週訂購的食材清單中明明寫著紅糖。如果不是被小偷偷走，怎麼在這麼多食材中只有紅糖不見了？寶敬坐在廚房的角落，回想上週二送貨上門的時候。上午訂購的食材，下午三點多就送來了，接過箱子後直接放在廚房。有馬上整理嗎？如果是平時，一定會立刻整理，但那天剛好接到訂位電話。寶敬再次翻開帳本，上面寫著週二晚餐十人份蔘雞湯。因為打來訂位的時間已經是下午五點，所以寶敬掛上電話後就立刻去準備了。對了，箱子就一直放在廚房，延在放學回來後幫忙整理了那些食材。想到這裡，寶敬立刻有了頭緒。她想起那天客人走後，自己正忙著清理餐桌時，延在說了句：「抽屜都塞滿了，我把這個放外面囉！」寶敬這才露出恍然大悟的笑容走出餐廳，朝倉庫走去。

小倉庫只能放下三輛腳踏車，成人甚至得低著頭才能進去。木製倉庫看起來還有點利用價值，所以當初搬來時才沒有拆掉。餐廳天天忙得不可開交，沒時間重新上漆，裡面堆放著延在的滑板和溜冰鞋，架子上放了一些可以常溫保管的食材。平時寶敬訂購食材時都很精打細算，幾乎不會把多餘的食材搬來倉庫。寶敬心想，延在一定是把廚房放不下的紅糖搬到倉庫了。

倉庫一直就在這裡，寶敬很久沒過來了。她看到手推車的把手探出了門外，仍毫無疑心地一把拉開倉庫的門。

那袋紅糖果真在倉庫裡，問題是，寶敬還沒來得及去拿紅糖，就嚇得退到門外。寶敬意識到自己兩手空空，立刻抓起倉庫門口的一把鐵鍬，怒瞪著手推車裡的機器人。

寶敬明知機器人的電源關著，也就是說那不過是一塊廢鐵罷了，但她還是很用力地握著鐵鍬。寶敬小心翼翼地靠近手推車，用鐵鍬啪啪拍了兩下機器人，兩隻手臂無力地垂了下來。這東西怎麼會在自己家的倉庫？寶敬腦中才剛閃過這個問題，就立刻有了答案。

「天啊！」

「妳看到了？」恰巧放學回來的延在跑了過來，一邊關上倉庫的門，一邊說道。門沒有徹底關上，而且寶敬也知道延在是明知故問，所以覺得沒有回答的必要。知道是延在把機器人藏在倉庫時，寶敬鬆了一口氣，但馬上又升起一股不安

寶敬瞪圓眼睛說：「那是什麼？趕緊丟掉！」

「我不要！」

「妳不要？」

「我就是不要！」

「禹延在！」

「這關妳什麼事啊！」

即使寶敬發出三連吼，延在也沒有屈服。延在想要繞過寶敬走掉，寶敬一把抓住了她。前兩次，延在甩開了寶敬的手。但可能本人也覺得抱歉，第三次甩開寶敬的手後，延在回過頭，臉上寫滿了不耐煩。

「妳從哪弄來的？妳想幹麼？」

寶敬努力控制自己的情緒，語氣卻充滿挑釁。延在選擇了沉默。然而這種沉默比頂撞更讓寶敬覺得傷人。明白延在不想對話，所以寶敬沒有繼續追問。儘管寶敬希望延在說服自己，或給出一個合理的說明，但延在就只是緊閉著嘴瞪自己。寶敬很了解女兒，就算現在逼她解釋，她也不會說出真心話。

「限妳明天把它丟掉。這麼不安全……」

「我自己會看著辦。」

延在甩頭就走，沒有給寶敬說下去的機會。寶敬有預感，這次冷戰一定會持續很久。

寶敬把用水稀釋的漂白劑倒入噴霧器，噴灑在戶外的十張桌子上，然後用乾抹布用力擦起桌子，腦中又浮現剛才延在的表情。

過來安慰寶敬的人是恩惠，她似乎聽到了她們剛才的對話。

「那是延在用最後賺的一筆錢買的，就算讓她拿去賣掉，她也不會願意的。妳就別跟她爭了，還是省省力氣吧。」

這些話根本無法安慰到寶敬。

「妳怎麼不阻止她呢？」寶敬明知這件事不關恩惠的事，仍一時惱火地脫口而出。

恩惠噘著嘴想了想，說：「我還是第一次看到她那麼想要什麼。」

聽到這句話，寶敬認輸似的安靜下來。恩惠說得沒錯，全家只把精力放在照顧長女身上，延在從不會特別表露自己的意願，就算問她生日禮物想要什麼，她也只是在苦思之後，回答沒有想要的東西。機器人突然出現，把好端端的人從銀行趕了出來，現在女兒卻把壞掉的機器人帶回家。不知為何，寶敬覺得明明自己睜著眼睛，眼前卻一片漆黑。機器人就是會讓自己有一種被剝削、被拋棄的感覺。

寶敬一邊用力擦桌子，一邊猜想延在要用那個壞掉的機器人做什麼，以及應該去哪裡舉報，不知道如果去舉報，會不會對延在不利，還有那塊廢鐵到底是從哪弄來的……寶敬暗下決心，在這場不知何時結束的冷戰中，一定不能輸給延在。

「妳到底為什麼想要它？」

「我想修好它。欸，我都說我會付錢買了，為何還要跟你說明理由？又不是不給錢，難道是怕我拿來製造什麼殺傷性武器嗎？你就當作捐給高中生做實驗吧。」

面對延在機關槍似的發言，珉周再也無話可說。恩惠靜靜在一旁看著他們。延在的態度異常嚴肅，恩惠也不好出面阻止。最後講不過延在的珉周只好走出去打電話給主管。

恩惠也很好奇，延在為什麼堅持要買那個壞掉的騎師機器人。延在與平時判若兩人，站在原地不安地抖著腳。等待時，恩惠叫了一聲延在，但延在連頭也沒回，只是焦慮地咬著指甲回了句：「幹麼？」恩惠淡淡回了句沒事，延在也毫不在意。人有時會突然被什麼吸引，可能是人、愛情、音樂或物品。在無法抵抗的吸引面前，任何事都不可能成為絆腳石。昨天見到壞掉的花椰菜後，那種吸引促使延在花光了所有錢。

過了一會，一臉疲憊的珉周走回來，可能他與主管的溝通很不順利。珉周把寫有銀行帳戶的紙遞給延在，還問她要怎麼帶走機器人。最後又補了一句：

「私下交易機器人是違法的，一旦被發現，買賣雙方都會被罰款。妳不要把這件事說出去喔。八十萬元匯入這個帳戶。我本來想幫妳殺價，但上面死也不肯，就是這個價格了。」

「我懂，我明白。」

珉周似乎很內疚要賣掉花椰菜，延在擔心他又改變主意，馬上匯了款。

珉周指著手推車問：「要用它帶走嗎？」

延在點點頭。珉周目測了一下手推車的大小。

「不知道裝不裝得下……妳先推進來吧。」

延在把跟自己差不多大的手推車推進來。推車把手已經生鏽，輪子也一直發出嘎嘎聲響，但延在臉上滿是笑容。恩惠不安地環視四周，莫名扮演起協助非法交易的把風角色。

正如珉周所言，私下交易機器人屬於違法行為，但韓國人最擅長的不就是非法交易嗎？透過二手交易賣掉的機器人不是被改造成其他東西，就是用來裝飾汽車或機車了。雖然政府有出面管控，但真正受到處罰的賣家和買家少之又少。隨著市面上流通的機器人數量日益增加，人們漸漸把這種非法交易視為理所當然。甚至有人提出，既然市場有這方面需求，政府就該放寬，而不是加強控管。

恩惠也對這種事司空見慣了。就像輪椅行動有很多不方便，最後人們也是撒手不管了。延在就像挖到寶的礦工，得意洋洋地推著裝有花椰菜的手推車走出來。恩惠還是第一次看到如此幸福的延在。當然，延在有很多幸福的瞬間是恩惠不知道的，畢竟她不是延在，所以不知道也很正常。延在不說，恩惠就不會知道。

「妳要怎麼跟媽媽解釋？」恩惠緊跟在延在身後問道。

長年未用的手推車推起來很費力，但花椰菜很輕，所以延在的腳步相當輕盈。

「邊走邊想囉。」延在不假思索地回答。

四年前開始，恩惠常來賽馬場看馬。每逢週末，人潮就會湧入賽馬場，恩惠就只能待在房間裡遙望像馬戲團一樣熙攘熱鬧的賽馬場。恩惠也很想進場看看，但週末寶敬要忙餐廳的生意，延在也整日不在家。雖然沒有人阻止恩惠去，但一個人行動不便，各種原因阻止了她。她不知道坐著輪椅去賽馬場需要多久，也不知道一路上會遇到什麼危險和羞辱。每次出門前，恩惠都需要花很長的時間做心理準備。對恩惠而言，外面的世界就像變幻莫測的生存遊戲，主要的攻擊來自人們的視線，一路上還要經過根本無法進出的店鋪，也缺乏恢復戰鬥力的糧食和水。

電動輪椅的價格更貴，性能上也未能突破輪子本身的局限性。而且電動輪椅只能行駛在馬路上，而不是人行道，這讓寶敬很不滿。直到現在都還是沒有輪椅的專用道。即使有的地方劃了專用道，但也只是在路上多畫一條線而已。寶敬總是為此感到氣憤。

恩惠以為滿十六歲後就能擁有一雙機械腿，也曾經想像自己的身體如果有一半換成機械，肯定會和賽博格[3]一樣酷。但八歲那年，父親突然離世，寶敬一個人為了養家糊口忙得天昏地暗。隔年生日，桌子上只擺著一個巧克力蛋糕，寶敬送了恩惠一件漂亮的毛衣。看到恩惠悶悶不樂，寶敬問她還想要什麼禮物，恩惠遲疑了一下說，還想再吃一個蛋糕。即使寶敬不說，恩惠也明白，未來還是要繼續這場危險的冒險。

恩惠覺得，如果這個世界能像對待其他人一樣對待自己，自己也就不用期待成為賽博格了。比起接受移植上千萬元的機械腿和輪椅專用機器人，恩惠更需要的是上下臺階的斜坡道、能夠進入店鋪的升降機、不必膽戰心驚過馬路的信號燈時間，以及即使沒有人幫忙也能搭公車和地鐵的安全設施。若想實現這一切，社會就要做出很大的改變。但站在大多數人的立場來看，這樣的改變就只是為了少數人或者一個人。恩惠不過是少數人中的一個。再換個角度，她其實不是一個人，而是半個人。獨自外出就像幼兒一樣危險的恩惠總是需要有人陪伴，但是連這一點也不是恩惠的判斷，而是看向恩惠的旁人的解讀。

四年前的某一天，一直待在家裡的恩惠突然坐著輪椅出門了。那天，她和延在約好一起去賽馬場。但不知道是不是因為便利商店客人太多，延在遲遲沒有回家，恩惠不想再等下去了。沒錯，不能這麼一直等下去，做任何事都不能一直等下去。

恩惠沒有告訴寶敬就一聲不響地出門了。一路上都可以看到賽馬場全息投影布幕上奔跑的馬，所以不會迷失方向。平日空蕩蕩的馬路車水馬龍，人們在車道與人行道之間穿梭。恩惠茫然地跟在行人的屁股後面，突然一聲尖銳的喇叭聲刺入耳朵，右耳出現了耳鳴，隨即一陣暈眩。因為輪椅行動緩慢，恩惠附近的交通被堵得水泄不通。恩惠心急如焚，偏偏這時斜坡上的石頭卡住了輪子，氣喘吁吁的恩惠使出全力才好不容易上了人行道。手腕戴著螢光手環，頭上戴著髮箍的人們從恩惠身旁川流而過，他們的速度快得就像汽車。

面對摩肩接踵前行的背影，恩惠感到頭暈目眩，於是立刻改變方向打算回家。就在這時，賽馬場傳來震耳欲聾的信號彈聲響。那聲音彷彿在對恩惠說，快到了，再堅持一下。恩惠又轉了回來，朝賽馬場的方向轉動輪椅。下定決心後，全身彷彿又有了力氣，即使沒有人幫忙也能克服坡路了。問題是買了票後，她卻無法從正門入場，因為賽馬場不允許沒有家長同行的青少

3 Cyborg，科幻小說中，身上明顯裝有人造裝置的改造人或半機器人。

年入場。恩惠沒有放棄，她在賽馬場周圍繞了一圈，心想這麼大的賽馬場一定可以找到觀看比賽的地方。這種確信很快變成了真實。

雖然距離很遠，但還是可以從流蘇樹之間看到熱鬧的賽場。恩惠看到鋪滿草坪的賽道，雖然時間很短，但可以看到戴著不同顏色的面罩和眼罩奮力奔跑的賽馬。恩惠當下並沒有注意到騎在馬背上的騎師機器人，她的視線只集中在賽馬身上，徹底被馬的魅力所吸引。一秒好似一百幀數。馬奔跑時搖曳的鬃毛和晃動的肌肉，隨風飄動的流蘇樹的白色花瓣，賽場內人們的歡呼和吶喊，這一切都像印象派畫作強烈地烙印在恩惠的腦海中。自從那天之後，只要閉上眼睛，恩惠就會夢到馳騁在賽道上的馬。

寶敬發現花椰菜的第二天，延在判斷沒有再隱瞞的必要了，於是直接把花椰菜揹回家。恩惠很想跟過去一探究竟，但延在沒有回一樓的房間，而是直接去了二樓的倉庫。恩惠望著走上二樓的延在背影，最後來到外面。休息時間，寶敬正坐在陽傘下晒她腫脹的雙腳。寶敬剛才看到了延在，卻假裝視而不見。寶敬反對把機器人留在家裡，但聽到恩惠說延在花了一個月的薪水，而且第一次看到延在那麼執著，終於做出了讓步，觀察起延在的一舉一動。現在可是情報戰，為了戰勝對方，需要先花時間觀察。

大雨下了一整夜，現在也還飄著毛毛細雨。寶敬聽著落在陽傘上的雨滴聲，看到恩惠，把自己咬了一口的哈密瓜雪糕遞過去。恩惠咬了一口，又還給寶敬。

「妳妹妹又在搞什麼鬼？竟然買回來一塊廢鐵。」

寶敬說話時，口中飄出了一股哈密瓜味。就像一家人聚在一起時，會很自然地講不在場的人的壞話，寶敬和恩惠聊起延在。恩惠聳了聳肩。寶敬吃完最後一口雪糕，把木棒夾在兩指之間晃了晃，看起來像是在深思，也像是在放空。

一家人聊天時也不會有主題和脈絡，想到什麼就說什麼，寶敬在嘴裡的雪糕融化將盡時，再度開口：

「下個月就是妳爸的祭日了。時間過得可真快，一年就像一天似的，快得讓人暈頭轉向。」

寶敬沉默片刻，然後嗖的一下轉過頭，瞪著恩惠問道：「妳為什麼一天到晚跑去賽馬場？妳們倆私下瞞著我，把錢藏在那裡了？」

「妳在說什麼啊……」

「妳們該不會是去花錢賭馬了吧！」

「媽，妳不要亂說好不好。」

寶敬也意識到說了不該說的話，閉上了嘴。

我是去看馬，一匹名叫Today的馬。之前牠是A級賽馬，但膝蓋的軟骨嚴重磨損，現在已經不能上場比賽了。雖然恩惠在心中擬出了完美臺詞，嘴上卻沒好氣地說：「仕在這種地方除了賽馬場，還能去哪？」

「嘖嘖嘖……怎麼會沒地方去？多走一點路就有科學館和大公園。妳們天天往賭博的地方跑，我能不擔心嗎？」

恩惠靈機一動，提議道：「不如妳也去賭馬看看？聽說最近很多人靠賭馬發了財呢。」

「我才不要……妳們真的沒去賭馬？」

「最近都會估算獲勝率，只要根據獲勝率下注就不會虧本。」

寶敬的耳根軟，誰說什麼都會輕易相信，恩惠以為這樣講，她就會對賽馬產生興趣。恩惠心裡打的小算盤是，希望在寶敬陪同下進場看比賽。但寶敬連想也沒想就直接搖頭。

「我才不相信什麼率不率的。」寶敬猛地從椅子上站起來。「希望明年春天沒有霧霾，我們可以去賞櫻花。」

寶敬伸了個大懶腰，圍上圍裙去廚房煮高湯了。恩惠撿起寶敬掉在地上的雪糕木棍，獨自一人坐在陽傘下感受著夏末秋初的季節變化。

恩惠坐了很久，並不是她想這樣，而是那個空間迫使她不得不多作停留。

陀螺儀[4]沒有異常。原以為花椰菜墜馬的原因出在陀螺儀故障，導致失去重心，現在看來這推測是錯的。

「到底為什麼呢？」百思不得其解的延在自言自語，稍微挺直了腰板。

昨晚延在只睡了幾個小時，其他時間都在研究花椰菜。因為過度專注，連腰痛都沒有察覺。熬了一夜，眼看就要天亮了，而且今天是要去上學的星期一，延在覺得還是該瞇一下。延在希望徹底掌握花椰菜的內部構造，但沒有圖紙，所以只能一邊親手分解，一邊畫下構造。她利用九個小時畫完整體圖面後，最先確認的就是陀螺儀和控制功能。

眼睛已經痠澀得睜不開了。延在心想，要是能滴幾滴潤滑油就好了。但當然不能這麼做，所以她搓熱手掌，捂在眼皮上。疲累的身體催促著延在快點躺下，意志最終敗給身體想要休息的欲望。延在又拿出活頁筆記本，面朝天花板，並排躺在花椰菜身邊。

延在看著筆記本上密密麻麻的筆記，控制器和記憶卡也沒問題。也就是說，負責判斷和均衡的所有零件都很正常，墜馬原因並不是裝置的問題。延在轉頭看向花椰菜。墜馬後，它的頭盔在地上刮出了很多道劃痕。

4 Gyro sensor，用來感測、維持位置與方向的技術，常用於手機、遙控器、飛機和衛星等控制裝置。

「你真是個奇怪的小傢伙。」

關著電源的花椰菜沒有任何反應。

「竟然為了看天空而摔下馬……」

延在躺在地上，想像了一下望著天空落馬的機器人。這個機器人也會有表情嗎？它沒有眉毛和臉部肌肉，應該無法做出任何表情，但不知為何，延在覺得它一定是以驚訝的眼神望向天空，就像人類驚訝的表情一樣。

延在很想馬上打開電源，讓花椰菜解答這些疑惑，但這時鬧鐘響了。吵鬧的手機鬧鐘迫使延在站起來，她把帶上樓的被子蓋在花椰菜身上，走出房間。才關上門不到一秒，延在又打開門看了一眼花椰菜。

洗澡、洗臉和刷牙同時結束後，延在穿上制服，嚴正警告吃早餐的寶敬和恩惠不要上樓亂動她的東西後，連早餐也沒吃就去上學了。今天去學校的腳步格外輕快，但這不是上學的喜悅，而是放學後回家可以研究花椰菜。花椰菜的骨盆和雙腿都碎了，得重新安裝。如果能買到碳纖維材料最好，但如果沒有，鋁材也可以。雖然鋁材的重量無法與輕如塑膠的碳纖維相比，但現在花椰菜不再是騎師了，所以用鋁材也沒關係。

延在第一次看到機器人是在十一、二歲的一個雨天。那天明明帶了傘，但翻了老半天書包都沒找到，延在只好一個人站在門口，看著同學們紛紛走出校園。延在心想，打電話給寶敬應該很快就能趕來，但晚上客人多，就算打電話恐怕也沒人接。

延在把書包頂在頭頂，跑進雨中。跑到路口時，延在遇到一隻四腳行走的機器狗，它像野狗一樣環顧四周，走到延在面前停了下來。延在覺得機器淋雨會故障，於是脫下外套罩在「狗頭」上。機器狗臉部的綠光忽明忽暗閃了幾下，隨即趴在延在面前。這是讓延在騎在自己背上的信號。延在遲疑了一下，但想到要是沒有人騎上去，它可能會一直趴著不走，無奈之下只好跨坐在硬邦邦的碳纖維材質上。延在緊緊抓住如同骨架的外框後，機器狗安全平穩地在雨中奔跑起來。延在的手掌和大腿感受到引擎的震動，活塞引擎就像人類的心臟一樣。機器狗是有生命的，雖然它不會呼吸，但與這世上所有的生命無異。機器狗跑了很久，然後停在距離延在家很近的空地上。抵達目的地後，機器狗又趴在地上，延在從它背上下來後，順手取下了外套。當時，延在很想了解一下機器狗的內部結構，但她沒有那樣做，因為怕會弄痛它。

延在至今也不知道那時遇到的機器狗的用途是什麼，從外型猜測應該是救難機器人。後來聽聞，那天的暴雨導致莫溪川的水位上漲，很多東西都被大水沖走了。

延在走進教室，一坐下便拿出筆記本開始畫設計圖。延在心想，家裡沒有需要的零件，未來一段時間又要輾轉於五金行和廢品收購站了。賽馬場附近的廢品收購站一定能找到很多有用的零件，就算沒有也沒關係，大不了就去解掉定存買新的。延在滿腦子都在想花椰菜的事，所以在智秀用腳踢了兩下桌腿前，她都沒有察覺到有人站在自己面前。延在放下筆記本，抬頭看向智秀。

智秀開門見山地說：「上禮拜跟妳說的事，考慮得怎麼樣？」

「嗯……沒考慮。」

智秀皺起眉頭。延在徹底把智秀上週五的提議拋在腦後了，看到她才想起來。當然，延在是有打算考慮一下，只是這個提議被週六遭到解雇和發現花椰菜給推到了後面。

智秀雙手撐在延在的書桌上，沒好氣地追問：「妳週末為了打工，都不讀書了吧？」

「上週末被解雇了。」

延在不是故意要當句點王，她只是覺得每次看到智秀被激怒，氣得兩眼冒火還要故作淡定的樣子很好笑，所以才使用這種對話方法。顯然這次智秀也很生氣，但可以看出她在努力不讓延在打亂自己的步調。智秀拉來一把椅子，坐在延在面前。

「週末沒考慮，那就現在想一下。到底參不參加？」智秀講最後一句話時，按照字數用手指敲了六下桌子。

「不參加。」延在這次的回答不是為了激怒智秀，而是認真的。

「為什麼？」

「因為不想跟妳一起參加。」

看到智秀咬住嘴唇，延在後悔了，是不是該回答得委婉些呢？但話已出口，也收不回來了。她看到智秀握緊拳頭，大事不妙，搞不好可能會挨一拳。幸好智秀發揮自己最大的特長，立刻冷靜下來，瞪著延在。

「瞧妳講話這副德性，真是有夠差勁。」

延在覺得智秀和自己根本是彼此彼此。智秀怒瞪延在的視線不知不覺移向畫設計圖的筆記本。智秀一把搶過筆記本，延在連反應的時間都沒有。筆記本上畫的是花椰菜，不知情的智秀苦笑了一下，露出無言又快氣炸的表情。

「妳該不會這麼卑鄙，想一個人參加吧？」

「不是那樣。」

延在伸手去搶筆記本，但智秀的動作更快，迅速把筆記本藏到身後。

「那這是什麼？不是為了參賽畫的設計圖嗎？」

「比賽是救難機器人，我畫的是兩隻腳的機器人。」

「救難機器人……」

智秀不平地嘟囔，想起救難機器人是四隻腳沒錯。延在伸手向智秀要筆記本，智秀意識到自己的推測有誤後，這才把筆記本放回桌上。

智秀上週五提議和延在一起參加的全國高中生機器人大賽，是以救難機器人為主題。大賽要求參賽者親自製造出災難時可以參與救援工作，或在日常生活中需要的機器人。智秀對這次機器人大賽產生興趣的原因只有一個，即使拿不到大獎，但只要獲獎，考大學就可以加分。如果拿了大獎，就等於打通了通往首爾大學、浦項工科大學和科學技術院的路。最初跟延在提起這件事時，智秀也開誠布公地說：「如果能拿獎，考大學就可以加分。」

延在很好奇，全校那麼多人，智秀為何偏偏選中自己。自從被仿生軟機器人比賽淘汰後，表面上看，延在已經對機器人失去了興趣。對延在而言，機器人並不是自己感興趣就可以觸碰的領域。而且自己上課都在睡覺，真不明白智秀為什麼找自己一起參加比賽。以智秀的家世，私下調查一個高中生肯定是小事一樁，但調查自己能有什麼幫助呢？更何況，之前也沒跟她聊過這些啊。

在這個有二十名學生的教室裡，同學之間也存在階級。以智秀來說，她屬於上過英語幼稚園，在加拿大或澳洲念國中，然後回國的A級學生。至於延在……就不用多說了。

延在當然厭惡這種以成長背景劃分的階級，但有些差異是無法隱藏的。延在自認很了解智秀，但不是指徹底了解智秀的興趣、愛好和性格，而是如果自己一再拒絕，她會做出怎樣的選擇。智秀會去找與自己同階級的同學，這絕不是智秀的錯。無從得知智秀從哪裡知道延在在製造機器人方面很有才能，她只是想利用延在抓住機會而已。A級學生的真正價值，就在於他們能抓住機會。

「為什麼不想參加？都說了材料費由我來出。」

「我跟妳又不熟。」

「喂！」智秀意識到自己的音量過高，看了看四周，咬緊牙關，人中微微顫抖著，她壓低嗓音說：「熟不熟重要嗎？這是比賽！有規定好朋友才能一起參加嗎？我又不是在約妳去郊遊！」

「團隊合作不也算在分數裡嗎？妳和我，談什麼團隊合作？我不參加。」

面對講話不留餘地的延在，智秀長嘆一口氣，她的拳頭也在顫抖。一分鐘後上課鐘就要響了。話都說到這地步，智秀也該放棄了。智秀深吸一口氣，撩了撩頭髮，有幾根髮絲滑到額頭前。智秀吹了口氣，把頭髮吹到旁邊。

「就因為我們不熟，所以妳不想參加？是吧？」

「到底在說什麼……」

「那好，從今天開始，我就好好跟妳培養一下感情。」智秀從口袋裡拿出手機，開始打電話：「媽，我今天不去補習班了。嗯，我想一起參加比賽的那個人死也不同意。氣死我了。等放學後，我還得再跟她聊一聊。」

延在瞠目結舌地看著智秀講完電話。

「妳……！」

「怎樣？」

延在還來不及說下去，上課鐘響了。

「放學後，我們一起走。」智秀撂下這句話後，就走回自己的座位。

現在延在又多了一個煩惱，左右腦各一個，一個是花椰菜，另一個是智秀。延在才不想帶智秀回家呢。

當然，延在也覺得自己這樣有點過分。可能智秀跟之前接觸的同學不同，說不定她為人很善良，但延在已經不想在微乎其微的反轉劇情上浪費體力和感情了。延在堅信，成長就是認識到他人與自己的不同，並且接受和適應這種不同。有時，見證他人的生活是一種暴力。延在覺得現在就只剩下一個方法——放學後，拚命跑回家。

有一段時間，延在也無法理解所謂的生活差距是從哪一條縫隙產生的。大家明明都念同一間學校，穿同樣的制服，學習同樣的知識，但不知從何時開始，莫名的差距讓某些人變得難以接近。自己的父母也在工作賺錢，也很疼愛自己，但為什麼同歲的我們會產生這麼大的差異呢？延在萌生出這些疑問後，養成了用手指計算別人有、但自己沒有的東西的習慣。但沒過多久延在就放棄了，因為就算手和腳全都加在一起也算不過來。

延在沒有的東西包括3C產品、書籍和衣服，她發現只有自己沒有智慧型手機、平板電腦和智慧手錶。比起想擁有這些東西的欲望，更讓延在痛苦的是大家會不停追問「為什麼沒有這些東西」的時刻。延在曾經謊稱：「買過，但都丟了。」自從她夢到床底出現了一個天坑，把所有東西都吸走後，這個謊言就停止了。這個世界會不斷出現新產品，但延在難以分辨它們是因為需求而出現，還是出現後才有了需求。

這個世界一直在馬不停蹄地生產新東西。藉由這些新東西，延在理解了人與人之間的差距。與其說這種差距的裂痕來自延在，不如說早在她的父母、父母的父母，甚至更早以前的父母身上就形成了這種裂痕。這道由裂痕而生的差距是延在也束手無策的。

下課時，智秀還想找延在討論參賽的事，但延在立刻帶著筆記本和鉛筆躲進廁所隔間。第三堂課下課後，智秀踹了一腳廁所隔間的門，大喊：「不要再拉屎了！」延在沒有屈服，整個午餐時間也躲在廁所。下午第一堂課上課前，她才趕快跑去福利社買了一個麵包。

那時延在才發現智秀也沒什麼朋友。延在嘴裡叼著麵包，看到沒去食堂吃飯的智秀一個人坐在教室裡。智秀挺直腰坐在那，但背影十分孤獨。

儘管如此，延在也覺得這不關自己的事。第七堂課下課後，延在立刻衝出教室。說到跑步，延在可是全校數一數二的名將，但這種人類原始的力量最終還是敗給了現代文明。智秀駕著電動滑板車追趕上來時，延在終於忍不住破口大罵這個不公平的世界。

「都說放學一起走了，妳何必這麼蠢的浪費力氣呢？」

智秀為了配合延在的速度，把滑板車的速度降到最慢。延在終於放棄了，她意識到再掙扎下去，只會讓自己更加悲慘。

「妳跑得還真快。」

延在沒有理她。

「真沒想到妳除了功課，其他方面都很厲害耶。」

「……這是在諷刺我嗎？」

「嗯，沒錯。如今光是功課好都找不到工作了。妳除了功課，其他方面都那麼厲害，以後要靠什麼吃飯啊？」

延在實在難以反駁。延在曾經的夢想是成為機器人工程師，她以為只要了解和擅長製作機器人就可以了。當然，這樣就可以了。只是參加比賽時，名次會排在那些接受過國外知名教授指導和發表過論文的同學後面。

智秀看延在一聲不吭，抓緊機會繼續說：「所以說，就叫妳跟我一起參加比賽。我真是不懂，妳為什麼不願意？機會都擺在眼前了也不抓住。現在不求上進的人真是太多了。」

想說什麼就儘管說吧。延在毫無反應。延在也同樣不理解智秀，就算一起參加比賽，兩個人也只會覺得是在互相對牛彈琴。

智秀突然把電動滑板車停在便利商店門口，她讓延在幫忙看著滑板車，轉身跑進店內。過沒多久，智秀抱著一籃濟州島產的香蕉和芒果走出來。

「總不能空手去妳家吧。」

「還真懂禮貌。」

「妳懂什麼，這是登門拜訪的禮節。」

一路上，延在都在想是否該提早告訴智秀，自己家裡經營餐廳，還有一個坐輪椅的姐姐，以免她到時脫口而出什麼無禮的話。但還沒來得及做決定就到家了。延在心想，就算提早說了，人也不可能改變，而且如果她失言，就更有理由拒絕參加比賽了。

智秀把滑板車停靠在屋外的桌子旁。延在率先走進餐廳，廚房飄來一股昨晚煮好的濃濃高湯味。沒洗頭的寶敬把頭髮盤在頭頂，腫脹的臉上寫滿疲累。延在叫了寶敬一聲，覺得應該告訴她同學來了。

正在廚房忙碌的寶敬頭也沒回，直接說了一句：「準備吃晚飯了。」

「阿姨，您好。」

不知何時走進餐廳的智秀朝寶敬鞠了個躬。聽到陌生孩子的聲音，寶敬嚇了一跳，立刻轉過身來。智秀一把搶過延在手中的水果籃，放在桌子。

「這是給您的。」

看到臉上掛著笑容，講話字正腔圓的智秀，延在心想，這演技真是不輸專業演員。寶敬目瞪口呆地看著智秀。除了很小的時候，延在有帶同學來過家裡，十七歲後再也沒見過她帶什麼人回家了。寶敬也很想關心延在的學校生活，但她知道自己無法像其他家長一樣積極干涉孩子的事，所以都是睜一隻眼閉一隻眼。看到延在帶朋友回家，寶敬還以為出現了幻覺，而且這個孩子沒有濃妝豔抹，鼻子和耳朵上也沒有耳環，手上更沒有香菸，一身制服也很得體。寶敬看了一眼延在，又看了一眼智秀。

智秀看到寶敬的反應，意識到還沒自我介紹，於是又字正腔圓地開口：「我叫智秀，徐智秀，是延在的同班同學。」

寶敬這才回過神來，馬上用上衣擦了擦手上的水氣。

延在看著瞠目結舌的寶敬，馬上拉著智秀走出餐廳。如果不這麼做，搞不好寶敬會把延在從小到大的事都講一遍。多虧延在反應快，寶敬也平靜了下來。寶敬說，洗好水果再拿去給她們。延在很想拒絕，但也不想破壞寶敬興奮的心情。雖然沒當過父母，但延在隱約可以理解寶敬這種心情。因為自己在家從不提學校的事，又是長大後第一次帶同學回家，延在不想當著朋友的面拒絕寶敬。

兩人走出餐廳，穿過院子往家裡走，跟在延在身後的智秀沒好氣地說：「妳怎麼不早說啊？原來妳不讓我來是有原因的。」

聽到智秀這麼說，延在氣得轉過身來，不用猜也知道智秀接下來要講什麼。雖然這樣很對不起寶敬，但當下延在很想叫智秀離開。

還沒等延在開口，智秀又說出令人驚訝的話：「妳媽媽叫何……不對，那是劇中人物的名字。金寶敬，對吧？她還演了那、那部電影，我非常喜歡的電影，等一下……」智秀興奮極了，為了喚起記憶，她不惜弄亂乾淨俐落的頭髮。

延在一頭霧水，因為她從未聽寶敬提起演過電影的事。

「我媽拍過電影？」

延在覺得這根本不可能，智秀一定是把同名同姓、長相相似的人跟寶敬搞混了。

智秀用手機搜尋後拿給延在。延在在陌生的電影標題下方看到了寶敬年輕時的照片，那不是跟寶敬相似的人，更不是寶敬的姐妹，照片上的的確是和現在的延在年齡相近，或者稍稍比她大一些、頂多二十出頭的寶敬。延在直楞楞地盯著照片，智秀在一旁興奮得張牙舞爪，還笑著用手啪啪拍了好幾下延在的肩膀。突然知道了寶敬的過去，延在楞在原地。智秀還補充，因為媽媽很喜歡那部電影，自己從小就跟著媽媽看了很多遍，現在心煩意亂時也會重溫。當然，延在一個字也沒聽進去。

走進家門時，沒看到恩惠，就算她白天會去賽馬場，但也會在延在放學前回來。延在打開主臥室、恩惠和自己的房間，都沒看到恩惠。智秀在玄關呆呆站了半天，都沒聽到延在叫自己進屋，於是逕自脫鞋走進客廳，坐在沙發上。智秀環顧四周，看到遙控器後，問延在可不可以看電視。延在點了點頭，覺得這樣再好不過了。

「妳家還在看壁掛電視啊。」

延在本想解釋畫面和聲音都很正常，但最後還是作罷。

「我媽等一下會送水果過來，妳邊吃邊看。」

「妳去哪？」

「我上樓一下。」

智秀還以為延在是上樓去換衣服，於是不以為意地看起電視。要是知道一個小時後她都不會下來的話，就不會輕易放她上樓了。

智秀從寶敬手中接過放有香蕉、芒果和兩杯冰紅醋的托盤時，又瞄了一眼寶敬的臉。再次確認她就是演那部電影的演員後，智秀的雙頰倏地泛紅。不知情的寶敬由此判斷，智秀是一個害羞又有禮貌的孩子。

「延在去哪了？」客廳不見延在人影，寶敬問。

「上樓了。」

延在已經上去十五分鐘了。寶敬很驚訝，因為她知道延在上去後，可能天亮也不會下來，但她總不會丟下朋友不管吧。

兩個人都低估了延在。智秀一個人清空了一半水果和兩杯冰紅醋後，躺在沙發上無聊地轉著臺。她很想上樓一探究竟，但不服輸的性格又讓她硬撐了半天，最後終於失去耐心。不然打電話給延在呢？但智秀發現手機裡根本沒存延在的號碼。再等下去就要八點了，這麼晚也不好一直待在別人家裡。最終，忍無可忍的智秀站了起來。回家前，無論如何都要讓延在在合約上簽字。

智秀走上樓梯。延在家四周就跟荒野一樣鴉雀無聲，加上二樓客廳沒有開燈，智秀下意識地抓緊樓梯的欄杆，掂著腳尖小心翼翼地邁著步伐。來到二樓，她看到一間門縫滲出光亮的房間，雖然聲音十分微弱，但裡面的確有人。靠近那扇門時，智秀還很擔心房間裡的人是延在的爸爸或其他兄弟姐妹。但除了那個房間，其他房間都沒有開燈。就在智秀握住門把時，裡面傳出延在的聲音，於是智秀猛地推開房門。

「你好！」

「呃！」

智秀的父親是生產機器人零件的中小企業老闆，所以即使智秀在機器人領域毫無才能，從小也接觸過很多機器人。在家用型機器人尚未商業化之前，廠商為了測試性能，將三十多臺機器人送往指定的家庭，其中一戶就是智秀家，所以智秀不會看到機器人就嚇得張大嘴或落荒而逃。但在延在家看到的機器人，非但不是家用型機器人，還帶著頭盔。不僅如此，這臺幾乎已是廢鐵的機器人還能講話，換作任何人都會有智秀這種反應。智秀大吃一驚，踩在門檻上的腳一滑，整個人向後仰，一屁股狠狠跌坐到地上。

「啊！痛死了……」

延在立刻走出來，隨手關上房門，打開二樓客廳的燈。看到摔倒在地的智秀，露出吃驚的表情。

「搞什麼，誰讓妳上來的？」

智秀揉著自己的尾椎，站起身，連凌亂的頭髮都沒整理就說：「開門。」

「我不要。」

「妳不要？那好，我來開。」

智秀伸手握住門把。延在也不肯讓步，幾乎同時摟住智秀的腰拚命往後拉。與自己體重相似的智秀文風不動，延在無奈之下，只得放棄阻止拚命往前的智秀。突然失去阻力後，這次由於慣性，智秀在推開門的同時往前一撲、跪在了地上。雖然這次也很痛，但智秀沒能喊出聲，因為她的視線與只剩上半身的機器人相撞了。智秀楞在原地，眨了眨眼。戴著頭盔的機器人兩個如扣眼般的眼睛，正直直盯著智秀。

花椰菜感應到從智秀的膝蓋散發出的熱度。

「膝蓋的溫度很高，最好噴灑液態氮冷卻一下。」

當然，花椰菜給的不是正確方法。智秀鬆了口氣，眼前的機器人沒有下半身，所以不能動，聲音也不像電影裡感染了病毒的機器人那樣詭異。智秀稍稍放鬆了一些，但還是沒有徹底放鬆警戒。智秀定了定神，這才發現這個機器人和今天延在筆記本上看到的設計圖一模一樣。

延在走進來，關上房門，她看也沒看跪在地上的智秀，徑直走到花椰菜身邊，掀開蓋子關掉了電源。延在不可能知道自己這種行為徹底傷了智秀的自尊心。花椰菜眼睛的亮光熄滅後，延在把被子罩在上面。

本以為智秀會大呼小叫，沒想到她異常平靜地坐在地上聽延在的辯解。畢竟智秀是因為自己才受驚嚇的，所以延在簡單解釋了情況：自己在「機緣巧合」下廉價地買了這臺即將報廢的騎師機器人，感覺可以修好它，所以昨天開始著手，目前正在修理中。

延在心想，智秀可能不知道私下交易是違法的，加上智秀不是會到處聲張的性格，所以覺得這樣點到為止就好。看到智秀沒有追問，延在鬆了口氣，智秀紅腫的膝蓋才映入眼簾。延在的腦海中又出現新問題，需要塗藥膏嗎？還是貼一張ＯＫ繃就好呢？機器故障時，一眼就能看出問題在哪裡，人類受傷時卻很難從表面判斷。延在覺得應該塗藥膏，智秀卻表現得無所謂，所以就更難判斷了。

「所以妳的意思是，修好它，然後把它弄醒？」沉思的智秀終於開口，聲音充滿期待。

雖然「弄醒」一詞不適用在機器人身上，但脈絡相通，延在點了點頭。

「需要幫它重新裝一雙腿……」

「妳真是天才啊！」

智秀咧嘴一笑，又啪啪拍了幾下延在的手臂。延在覺得很痛，但又無法開口阻止智秀，只好用手抱住手臂。

「真了不起，妳要修理它？我可以在旁邊看嗎？」

看到智秀善意的態度，延在遲疑了一下，最後還是掀開了被子。智秀可能是因為膝蓋很痛，所以用蹲跳的姿勢湊近花椰菜。

「我可以摸摸它嗎？」

延在點點頭。徵得同意後，智秀在花椰菜的額頭上輕輕彈了一下，隨即聽到了沉悶的聲響。

「話說回來，什麼是騎師啊？」智秀問。

「賽馬時騎在馬背上的選手。妳不知道？」延在很驚訝智秀連騎師都不知道。

聽到延在的回答，智秀點了一下頭淡淡地說：「啊，Horseman……」

智秀像在觀察新文物那樣觀察花椰菜，接著視線移動到旁邊打開的筆記本上。瞬間，智秀的腦中浮現出一個誘惑延在參加比賽的方法。雖然沒有十足把握，但值得一試。

智秀乾咳一聲，改變坐姿後，恢復了平時的樣子。

「妳打算怎麼修理它？」

智秀眼皮半垂著發問的架勢，彷彿是在說自己可以解決所有的問題。延在不知該從何說起，也不知道該講得多詳細，所以只說明了簡單的部分。延在也不知道為什麼自己要向智秀報告這些，只覺得最好還是滿足她的好奇心。

「要重新製作下半身，所以得用連桿機構重組關節……」

「連……連什麼？」

「連桿機構。」

智秀露出一頭霧水的表情，但接著問：「然後呢？」

「還需要懸吊系統。」

「懸……那妳要去哪找這些零件？」

智秀一語道出問題的重點。見延在一聲不吭，智秀確定了現在只要把餌掛在魚鉤上丟下海，就能釣到大魚了。爸爸教過智秀一個交易技巧，要想討對方的歡心，就要先成為一個有魅力的人。

智秀雙手抱胸，說道：「妳需要什麼，我都可以幫妳弄到手。」

智秀覺得自己的提議很誘人，但在延在聽來，不過就是信口開河。延在會這樣想也是當然的，因為她還不知道智秀的爸爸從事什麼行業。如果不是從事與機器人有關的行業，就只能靠走私才能弄到這些零件，所以延在才會覺得智秀在鬼扯。

看著自信滿滿的智秀，延在假裝信以為真，問：「妳有什麼辦法？」

智秀就像等待已久般立刻長篇大論一番。雖然難以區分真假，但簡單來講就是，智秀的爸爸是供應機器人零件公司的老闆，他已經同意提供智秀參加機器人大賽所需的零件。只要延在同意一起參加，到時候就可以拿到花椰菜所需的一定數量的零件。

見延在聽後還是猶豫不決，智秀更進一步地說：「妳把它買回家是違法的吧？就算現在管得不嚴，但如果我爸直接舉報給相關部門，他們也不會坐視不管的。」

智秀是在威脅延在。

兩個人站在玄關交換了電話號碼。智秀說：「明天學校見。」然後邁著輕快的腳步回家了。延在手裡拿著智秀給她的參賽申請書，除了填寫申請書，還要寫一份簡歷。延在又看了一遍手機裡儲存的、親筆寫的合約書。

《合約書》

徐智秀承諾，如果禹延在一起參加比賽，將提供禹延在所需的機器人零件。但是，若在比賽中未能獲獎，禹延在必須償還所有零件的費用。

徐智秀
禹延在

雖然心裡很不踏實，但這的確是一個不虧本的交易。最重要的是，解決了修理花椰菜所需的零件問題。延在喜出望外，嘴角都要咧到耳根了。智秀的腳步聲消失後，延在才伸了一個懶腰，躺到沙發上。延在心想，人生總會遇到一次好運的，看來就是今天了。雖然延在有點擔心得不到獎，但距離比賽還有一段時間，況且當下的喜悅遠遠超越對未來的擔憂。

延在看了一眼時間，已經九點多了，她這才意識到恩惠還沒回來。如果晚回家恩惠都會提早告知。延在望向漆黑一片的賽馬場，穿上衣服走出家門。

福喜

馬歷經了數千年演化才有了現在的樣子，卻仍被關在狹小的馬房裡。馬曾是糧食、家畜和運輸工具，然而現在依然還是糧食、家畜和運輸工具，最後甚至成為人類觀看的體育比賽中，在沒有出口的賽道上奔跑的賽馬。對於生存在現代社會的動物而言，被關在狹小空間成了無法避免的事，也是生存下去的唯一方法，但福喜還是不忍去看這些關在馬房裡的馬的眼睛。

馬的處境一直不如其他動物，即使牠們與主人生活在同一個屋簷下，也無法與主人交流感情。海豚的智商高已經成了無人不曉的事實，卻沒有人知道馬的智商與海豚相似，牠們也有相當於六歲孩子的智商。正因如此，牠們知道自己「被關」在馬房，以及要一直參加比賽，直到膝軟骨磨損耗盡為止。

每次福喜去賽馬場為牠們做定期檢查時，哪怕時間再短，也會要管理員把馬牽到賽馬場內的公園，還會準備牠們喜歡吃的胡蘿蔔和方糖。福喜知道方糖對馬的健康不好，但對喜歡甜食的馬來說，沒有比方糖更能在短時間內緩解壓力的了。壓力比方糖更有害健康。每次福喜來，這些馬都會靠近鐵窗，呼出鼻息表示歡迎。雖然福喜每個月只來一次，最多兩次，但在這些馬兒眼中，福喜是能帶給牠們短暫自由的朋友。

獸醫系的前輩把管理賽馬健康的工作交給福喜時勸告她，不要盯著馬的眼睛看太久。理由出乎福喜預料。福喜以為是因為馬會出於本能攻擊一直與自己對視的人，前輩卻說：

「因為牠們的眼睛就像黑珍珠。」

第一次跟前輩來賽馬場那天，眼眶泛淚的前輩撫摸著馬的脖子說，馬的眼睛就像黑珍珠一樣。那瞬間，福喜明白了前輩為什麼婚後沒有計畫要生小孩。已經有太多孩子住進了前輩的心裡，光是為這些孩子難過就夠了。前輩拍了拍馬的脖子，教福喜也摸一摸，還告訴她馬最喜歡被人撫摸脖子。福喜把手放在馬脖子上，看似光滑的皮膚長滿細毛，十分柔滑。福喜溫柔地撫摸，按照前輩教的閉上雙眼，用手掌感受馬的體溫和呼吸。

為了讓聲音透過皮膚傳達給那匹馬，福喜低聲說：「你好，我是福喜，閔福喜。請多多關照。讓我們都健健康康，活得久一點。」

前輩把工作交給福喜後，搬去了濟州島。在所有動物中，前輩只對馬情有獨鍾，所以福喜猜想濟州島就是前輩的終點站。但在賽馬場工作一年後，福喜才意識到，濟州島不是前輩旅程的終點站，而是避難所。

賽馬的壽命很短。不是作為選手的壽命很短，而是存活的壽命很短。很多優勢馬的身價會超過一億元，但也僅限於能上場比賽的時候。不能奔跑的馬就不是馬。雖然有人說不學習的學生就不是人，但福喜覺得這句話蘊含的剝奪含義有著天壤之別。連人類都會遭遇這種差別待遇，更何況是馬呢。無法奔跑的馬便無法生存，也因此失去存在於這個地球上的理由。

賽馬載著人類參賽時，無論跑得多快都無法忽視人類的安全和重量問題。但自從換成騎師機器人後，不但騎師的重量問題解決了，可能墜馬死亡的風險也一併消失。

人們開始要求賽馬跑出更快的速度。在此之前，賽馬的最高時速為七十到八十公里，現在賽馬平均時速已經達到九十公里。也就是說，人們開始在活著的生命身上尋找觀看賽車的快感。問題是，有別於急速發展的文明，馬的關節歷經數千年的演變也只能進化一小步。賽馬的壽命約為一年到一年半。過了這個時期，膝蓋的軟骨徹底磨損耗盡後，很多馬連站也站不穩。少數幸運的馬會被賣到濟州島或江原道，但大部分的馬則因無處飼養而被安樂死。而福喜的工作也包括安樂死。

準備接受檢查的馬在麻醉劑的作用下倒在地上，雖然眼皮不再顫抖，但牠並沒有睡著，而是處在迷糊的狀態。福喜知道注射麻醉劑的馬不會突然興奮、奔跑，但還是習慣性的撫摸馬的脖子。儀器螢幕上顯示出從鼻孔插入體內的內視鏡拍攝畫面。與上個月檢查時一樣，這匹馬很健康。

福喜一邊確認螢幕上顯示的馬的狀態，一邊對珉周說：「多餵牠吃一點。」

「看來這些馬都沒有肥胖症。只有我胖了。」

珉周在開玩笑，但福喜連看也沒看他一眼，冷冷地回答：「那你也去嚼一點穀類，然後像馬一樣多跑幾圈，一個星期後一定能瘦下來。我說得沒錯吧？」

福喜不是在問珉周，而是在問恩惠。守在馬房門口的恩惠點了點頭。做完記錄的福喜摸著馬說了句：「辛苦了，好好休息吧。」

去年，第三次提交了要求批准利用奈米機器人為動物做內視鏡的請願書，但國會依然沒有通過。雖然國會表面上給了個技術和資本不足的理由，但真正的原因其實是不想在醫治動物上花錢。人們沒有放棄守護動物的權益，並且相信總有一天可以通過這項請願。但在福喜當獸醫的期間，恐怕是不可能了。

福喜提著看診包走出馬房，來到另一個馬房。其他馬在公園享受自由時，Today卻被關在馬房裡動彈不得。

「感覺怎麼樣呢？」福喜看著Today問道。

「還不是老樣子。」珉周附和了一句。

一旁的恩惠開口：「前天出現嘔吐。有兩次真的有吐出東西，一次只是乾嘔。牠什麼都不吃，還會突然倒在地上。」

福喜瞥了一眼珉周，採納了恩惠的回答。恩惠在這裡的時間比福喜還長，她會記住每匹馬的名字、性別和特點，然後告訴福喜。在福喜眼中，恩惠是一個比珉周更優秀的馬房管理員。每次來做定期檢查前，福喜都會先和恩惠約好時間。

福喜走進Today的馬房。Today是所有賽馬中狀況最糟的一匹馬。這匹母馬只有三歲，但前膝關節的問題比九十歲老人還嚴重。

Today認出了福喜，牠知道福喜是珍惜自己、不希望自己生病的人類。每次看到記得自己的Today，福喜都會露出笑容，同時心裡也很不好受。因為她知道根本無法讓Today痊癒，只能減緩病情惡化的速度，但現在連這一點恐怕也不能延長到這個月了。

「過得好嗎？我們來看看關節吧？」福喜摟住Today的脖子，低聲說。「鬃毛變得更好看了。」

福喜特地帶來一袋營養劑。注射麻醉劑時，Today也很溫順。沒過幾分鐘，Today就開始左搖右擺，隨即倒在乾土上。福喜先用手輕輕揉了一下Today的關節，聽到Today發出呻吟聲。Today的病名為退化性關節炎，患病原因是短時間內超負荷地使用關節。由於關節軟骨嚴重磨損，滑液關節開始發炎，這是在行走時會感到骨頭摩擦的痛症，再過一段時間就會出現骨頭糜爛。

但撇開這些不談，眼下最大的問題還是時間。Today已經三個星期沒有參賽了，如果中秋節過後的兩個星期內還是無法參賽，Today就會被判定為「廢馬」。無法再用押注金繳付馬房費的馬只能被趕出馬房。因為只有這樣，才能飼養更年輕、跑得更快的馬來賺錢。

福喜阻止了賽馬場淘汰Today。即使Today的關節恢復可能性為零，她還是堅稱Today會好起來，好不容易才多延後了一個月。福喜無法眼睜睜看著Today被趕出馬房，除了這裡，Today無處可去。至少現在來看，在韓國這片土地上沒有人和地方可以照顧這匹連十步路都走不了的馬。

檢查很快就結束了。福喜把針頭插入Today的血管，開始輸入營養液。為了不打擾Today，福喜走出馬房，來到守在門口的恩惠身邊。恩惠沒有看福喜，而是目不轉睛地望著眼皮半垂、呼吸平穩的Today。恩惠在二十匹馬中最喜歡Today。福喜從沒問過原因，只記得有一次，她不經意地提起這件事。

福喜覺得現在是詢問的最好時機，於是開口：「恩惠，妳為什麼最喜歡Today？」

「妳見過Today奔跑的樣子嗎？」

福喜回憶了一下，但沒有。福喜來賽馬場是為了檢查賽馬的健康，所以不會在比賽時來。不，應該說她故意不來，因為不想看到馬被虐待的樣子。

「Today真的很幸福。」

「是喔。」

恩惠可能不太滿意福喜的反應，又說：「我不是隨便說的。Today奔跑時，身上會散發出很不同的感覺。牠不是為了速度而伸出腿，牠的步伐特別優雅，就像跳芭蕾的黑天鵝，不是動物黑天鵝喔，而是飾演黑天鵝的芭蕾舞演員。」

看起來優雅的原因之一應該是步法，另一個原因可能是Today那有如黑珍珠般黑亮的鬃毛。福喜想像了一下Today奔跑時，後頸此起彼伏的黑浪。就是那充滿活力的黑亮波浪徹底吸引了恩惠。

「如果Today能好起來，重回賽場就好了。但這是不可能的，所以我最近會覺得好像根本沒有什麼所謂的希望。」恩惠把手搭在馬房的欄杆上，自言自語似的嘟囔。

如果沒有聽到這些話，或許心就不會那麼痛了，但福喜聽得清清楚楚。

「Today會好起來的。」

這是不切實際的安慰。福喜覺得這句脫口而出的話，就像抽出一張紙巾遞給了需要繩索的人。如果恩惠還小，福喜是可以像對待抱著寵物狗來就醫的孩子一樣，告訴孩子只要打一針，小狗很快就會好起來，活蹦亂跳到處跑了。但恩惠明年就成年了，那些巧克力般的安慰已經行不通了。

「不可能。如果治不好，Today就要送去安樂死。明知道結局，卻只能眼睜睜看著，真教人難過。我能為牠做什麼呢？難過卻什麼也做不了，真是太可笑了。到頭來，就只能在這裡袖手旁觀。」

這哪是從活了人生五分之一的孩子嘴裡講出來的話啊？是誰折斷了含苞欲放的花朵？是誰奪走了孩子懷揣夢想的機會？

福喜的十九歲比恩惠的十九歲更幼稚、更狹隘。身為大韓民國的考生，不可能去思考人生其他可能性。那時福喜的希望和慰藉就只是用努力換取的分數，但努力的結果只為她換來了大學。如果說十九歲的福喜相信的唯一出口是安裝加速器後全力馳騁的賽道，那麼現在十九歲的恩惠就只能茫然地站在原野上，望著眼前扭曲的世界。福喜覺得自己不及恩惠成熟，所以安靜了下來。我們一定可以找到為Today做的事。福喜再也說不出這種不切實際的安慰了。福喜為了尋找下一個話題，環顧了一下四周，空蕩蕩的馬房和角落堆放的乾草映入眼簾。看向敞開的後門時，夕陽下有一道長長的影子映入眼簾。

福喜以為是珉周，所以沒有在意，又把視線移回馬房。但仔細看過馬房再望向後門時，那道影子還在那裡。難道不是人影，而是堆滿樹枝或乾草的卡車影子？但無論怎麼看，那道影子都是人的輪廓。如果是珉周，他為什麼不進來呢？賽馬場平日會讓外人進來嗎？不對，就算是人滿為患的週末，也不會允許外人來馬房的。可能是其他管理員，但現在已經是下班時間了。福喜在馬房待了一整天也沒見到其他管理員。難道是覺得她們這麼晚還不走，才過來看看？就在福喜打算先開口打招呼，再轉頭看向後門時，看到了相機的閃光燈。她瞬間做出判斷，那個人絕對不是賽馬場的人。

福喜立刻朝後門跑去。那個人影嚇了一跳，馬上撿起地上的包包準備逃跑。但為時已晚，福喜已經伸手抓住了他。有很多傢伙會靠偷怕刺激性的照片和影片賺取點擊率，用毫無根據的推測把不安感注入社會。福喜深信，自己抓住的這個男人也是其中之一。賽馬場引進騎師機器人已經五年多，批判的聲音連綿不絕，賽馬的生存權也成為話題。與此同時，還傳出賽馬系統的黑箱操作和大企業干涉其中等傳聞……社會上流傳的各種傳聞已經多得讓人記不住了。

總之，現在出現很多靠小道消息維生的人。這個男人手上也拿著一臺看起來非常昂貴的相機，這個時間鬼鬼祟祟地溜進賽馬場，偷拍接受治療的馬，不用想也知道目的不單純。

福喜使出騎上發狂牛背注射麻醉劑的技能，一把拉住試圖開溜的男人的背帶，接著用手臂勾住他的脖子把他壓倒在地。

身材魁梧的男人仰頭栽倒，懇切地哀求：「呃呃……那，那個，先放開！有話，有話好好講！」

男人喘著粗氣，除了握住福喜的手，沒有做出任何反抗。這表示他沒有要反擊的意思。福喜俐落地制伏男人後，才後知後覺地擔心起會不會因為施暴被抓去警局。福喜鬆開勾住男人脖子的手，放下包包，尷尬地站起來。

男人氣喘吁吁地趴在地上。他看起來足足有一百八十公分，肩膀也跟游泳選手一樣寬。這麼魁梧的男人趴在地上呻吟，未免也太誇張了吧？男人又喘了幾口氣後才爬起來。起身後的男人看起來更加修長，皮膚也很白皙。他拍了拍沾在身上的土和草。

「嚇到了吧？」

這句話不是出自福喜，而是男人。雖說的確是男人嚇到福喜，但福喜不知為何覺得這句話應該是自己講才對福喜含糊地回答：「沒、沒事……」

無論何時都能理直氣壯的閔福喜竟然在這個男人面前吞吞吐吐起來。她在心裡大喊：「閔福喜，妳怎麼回事？打起精神來！」身體卻在唱反調，眼睛迴避起男人的視線。

「我不是可疑的人，我是記者。」

福喜差點脫口而出：「記者不都是可疑的人嗎？」男人為了證明自己沒有說謊，從口袋裡取出一張名片遞給福喜。M電視臺，時事企劃部記者，禹瑞鎮。福喜接過名片，仔細看過正反面後，還是一臉不解。畢竟只憑一張名片不能說明他為什麼擅闖賽馬場偷拍。如果是為了取材，也應該說明目的。福喜可看不慣這種偷偷摸摸、老掉牙的取材方式。

瑞鎮以為一張名片就能解決問題了，所以看到福喜這種反應，有點驚慌失措。瑞鎮的表情似乎在問，還需要再解釋什麼嗎？

他無奈地摸著後頸補充：「嗯，也就是說，我是記者，想做一期關於賽馬場的特輯節目，所以來調查一下……」

「那你是怎麼進來的？」

福喜打斷瑞鎮的話。但自己又不是賽馬場的人，問這些不是多管閒事嗎？還是告訴他自己是這裡的獸醫？

「……從那裡。」

瑞鎮指的方向既不是正門，也不是北門，而是四周長著茂盛流蘇樹的矮牆。加上那裡是監視器死角，也就是說，他是翻牆偷溜進來的。福喜雙手抱胸，直勾勾地瞪著瑞鎮，她意識到自己多管閒事的開關已開啟。記者偷溜進來取材，肯定不是要做什麼正面報導。如果是這樣，自己的職場也會受到威脅。但想到這裡，福喜的態度又有了轉變。暫且先不論他的目的，福喜現在最想問瑞鎮的是，翻牆進來沒有受傷吧？

「有記者精神很好，但也要有守法精神吧。你跟賽馬場管理員說要取材了嗎？」

「哈哈，有嘗試過，但他們看到我的名片就直接把門鎖上了。畢竟我想採訪的不是什麼好事……」

情有可原，哪個生意人會開門歡迎來砸自己腳的人呢？況且現在的記者走到哪都不受歡迎。

「總之，很抱歉嚇到妳……啊！我只拍了馬，絕對沒有拍到妳，所以不必擔心。其實我沒看到妳，這些馬的照片也只是為了報導用的……」瑞鎮真誠地鞠躬道歉。

福喜心想，人家看起來也不是來做壞事的，沒必要再為難他了。不如告訴他，賽馬場多與黑道有關聯，還是小心點好。福喜敷衍地接受了道歉，這場騷亂算是平息了。既然已經劇終，偶遇的兩人也該就此告別，福喜卻很不捨，在心裡編起可以交談下去的臺詞。但一番搜索枯腸後，還是沒有找到適當話題。

就在這時，劇情又朝著意想不到的方向繼續發展了下去。發生騷動的期間，恩惠一直默默看著Today，直到一切平息後才把頭探出後門，說出福喜作夢都沒想到的臺詞。

「瑞鎮哥，你怎麼在這？」

「瑞鎮哥？」福喜露出驚喜參半的表情。

「他是我表哥。」

恩惠沒認錯人。撿起相機包的瑞鎮看到恩惠時也瞪圓了眼睛，福喜這才想到，這兩個人都姓「禹」。

三人來到賽馬場門口的便利商店，在戶外桌坐了下來。

「原來妳是獸醫啊。」瑞鎮的眼神帶著幾分尊敬。

福喜先是咕嘟咕嘟地喝光一罐雪碧後，又拿起錢包直奔進店，捧著三罐啤酒走出來。

「你們隨意，想喝就喝。」福喜故作自然地推給瑞鎮一罐啤酒後，打開一罐再次暢飲起來。

這可真是天賜良機，但心慌意亂的福喜不知該如何掌控局面。除了大學時跟學長短暫交往過一年多，如今二十八歲的她非但沒再談過戀愛，連所謂的曖昧也沒體驗過。雖說眼下可以向恩惠求救，但假如真的促成這段良緣，日後也只能靠自己了。但有可能嗎？

恩惠和瑞鎮是表兄妹的劇情展開後，故事才因此又有了新發展。一般來說，兩人只要互相鼓勵對方繼續為動物努力工作後，就可以分道揚鑣了。福喜一個衝動，就提議找個地方坐下來聊聊。瑞鎮看到福喜整理看診包，才知道她是獸醫。

恩惠不是沉默寡言的性格，照理說她遇到久未碰面的表哥應該會問東問西、滔滔不絕地聊天，但恩惠只是一聲不吭地吃著零食。恩惠要是懂得察言觀色，早就該看出心裡小鹿亂撞的福喜有多坐立難安。幸虧在福喜尷尬地喝完三罐啤酒前，瑞鎮就說要先打個電話，離開了座位。

瑞鎮剛離開，恩惠馬上開口：「我們小時候關係還很好，後來幾乎沒有聯繫過。雖然知道他當了記者，但不知道他是時事部的記者。他是二十六歲還是二十七歲呢……記不清了。雖然大學有畢業，但不知道是哪間大學、什麼科系。聽說他入伍後受了傷，就提早退伍了。好像是做什麼訓練時傷到肩膀，但生活沒有大礙。他是獨生子，不知道現在有沒有女朋友。妳還有什麼好奇的嗎？」

福喜判斷錯誤，恩惠很會察言觀色。

福喜想了想後回答：「大致上都知道了……」如果否認，自己這些舉動未免也太過明顯。

恩惠拿起辣的蝦味條放入口中。「他很關心動物。太喜歡動物大概也算是他的缺點。我一直記得他說過一句話：更新軟體的速度和動物絕種的速度相似。所以每次更新軟體時，我就會聯想到地球上的某種動物要徹底絕種了。」

「這話好像沒錯啊。」

「所以我才不喜歡更新軟體。每次更新都覺得怪怪的。」可能是秋天的蚊子落在了臉上，恩惠用力抓了兩下臉頰。「其他的就不知道了。」

「看來你們家親戚之間都不往來。也是啦，我也不知道親戚家的孩子在做什麼。」

「爸爸去世後，我們就和爸爸的家人沒什麼聯繫了。也沒有聯繫的必要。只有一個姑姑，但她住得很遠，在濟州島。」

福喜第一次聽聞恩惠的父親去世了。她本想做出適當的反應，最後還是放棄。因為她覺得既然恩惠若無其事地提起這件事，便也沒必要追問。恩惠又說了一些關於瑞鎮的事。比如，瑞鎮的皮膚從小就很白，這是繼承了親戚的基因。雖然人很善良，但講話時總讓人覺得少根筋。

瑞鎮打完電話回來後，福喜便明白了恩惠說的「少根筋」是什麼意思。

「我去那邊打電話時，看到水果攤車上只剩兩個梨子，就買下來了。妳們嘗嘗看，很甜的。」

瑞鎮笑著把兩個梨子放在桌上。眼下既沒有砧板也沒有盤子，福喜可不想當著瑞鎮的面用門牙啃梨子，所以婉拒了他的好意。

貝蒂在戶外轉來轉去，清理桌面。大家不用看工讀生催促趕快吃完走人的眼色，心裡的確舒坦了不少，而且貝蒂也不會因為滿桌的空罐和零食袋而倍感壓力。瑞鎮伸手拿零食吃時，福喜才注意到他手背上的擦傷。

福喜藉助酒精，支支吾吾地說：「剛才真對不起。我這麼晚才道歉。」

瑞鎮揮了揮手。「沒事，只是小傷。妳動作很俐落，很帥。」

說著，瑞鎮還豎起雙拇指。福喜尷尬地拿起零食送進嘴裡，瑞鎮也尷尬地收回了拇指。

「秋天晚上坐在外面，真舒服啊。」

大學時交往的前輩把在戶外吃東西的行為稱為「窮酸之舉」。因為不同系，與其稱呼前輩，說「那傢伙」更為合適。當時，那傢伙是在醫療技術研究所攻讀機械工程碩士，整日埋頭搞不用剖腹也能切除腫瘤的研究和實驗。為了在十年內進行醫療改革，那傢伙不分晝夜，甚至用打點滴代替吃飯的埋頭工作。但在這種情況下，他還是堅持要和福喜談戀愛。

最初，福喜還以為他是真的愛自己，所以勉強擠出時間約會。不，剛談戀愛時都是這樣的。那傢伙說，不想因為工作忙碌而錯失良緣，後悔一輩子。福喜真不該相信他的花言巧語，因為那傢伙就是一個生活不能自理的廢人。他以疲憊為由，漸漸把約會地點鎖定在研究所附近的家裡，又開始抱怨起吃膩外送食物，希望福喜在家裡煮飯。

這個研究分子大小的奈米機器人的傢伙，是一個連比分子大出幾萬倍的白米也不會洗的白痴。雖然福喜不是為了幫他煮飯才交往，但看到每次為了不讓他餓肚子而洗米煮飯的自己，福喜都感到很厭惡。最終，受夠的福喜把二十公斤的白米倒在地上，終結了這段感情。

當然，分手的理由只有一半是因為煮飯，另一半其實來自思想的差異。那傢伙認為，為了醫療技術的發展，利用動物做實驗是理所當然的事，還把動物的死稱為崇高的犧牲。福喜表達強烈反對，為了人類做出的犧牲怎麼能說是崇高呢？每次想到那傢伙說街貓就是行走的病毒時，福喜就很懊悔沒趕快結束這段維持了一年多的感情。

分手那天，福喜倒完一整袋米，把空袋子用力丟在地上，詛咒他說：「有朝一日，等到比人類更優秀的外星人出現時，你最好也虛心成為它們的實驗品，為外星人崇高地去死吧！」

那傢伙聽了福喜的話，居然還嘲笑起外星人。

福喜奪門而出前丟下一句：「你這個剛學會直立行走沒多久的敗類，竟然敢嘲笑宇宙的生命體。」

托那個敗類的福，福喜成了信奉外星人的怪咖。分手後，福喜把精力都放在學業上，最後比其他人還提早達到畢業門檻，去了肯亞。

因為這段只維持短短一年多的戀愛，福喜覺得自己的人生不會再出現粉紅色亮光了。現在這是怎樣？賽馬場附近只有便利商店亮著燈，秋天的夜晚竟然突然升起一輪粉紅色的月亮。雖然不知道瑞鎮為人如何，但福喜隱約覺得應該和那傢伙不同。福喜體內的感應器正在急速運轉中。

瑞鎮只喝了一罐啤酒，雙頰便泛起紅暈，甚至一路紅到了耳根。瑞鎮摸著自己發燙的臉頰，辯稱自己不是不會喝酒，只是一杯下肚就會這樣。在即使喝醉也面不改色的福喜眼中，這樣的瑞鎮很可愛也讓人羨慕。恩惠一直默默坐在一旁，天色已晚，但也沒有想回家的意思。微風拂來，隨風飄動的髮絲彷彿代替恩惠表達了想再享受一下秋夜的心情，所以福喜也沒有催她回家。

福喜不加掩飾地望著瑞鎮揉搓自己變紅的耳朵，突然問他是要去賽馬場採訪什麼。既然他喜歡動物，那一定是要做關於賽馬場或賽馬的特輯。瑞鎮稍微動了動嘴唇，但猶豫片刻後才開口，但他說出的主題與福喜預想的完全不同。

「是有關賽馬場黑幕的事，但因為還沒報導出來，不便具體說明。」

「不方便的話，不講也沒關係。」

「啊，不是不方便……其實是關於比賽造假的事……」

「不是，我是說電視臺的保密問題。」

「啊啊，是的，要保密。」

希望消除誤會的人和解釋沒有誤會的人連連發出不必要的嘆息，最後沉默下來。坐在一旁的恩惠苦笑了一聲。

瑞鎮打破尷尬的氣氛問道：「您在管理賽馬場的馬嗎？」

福喜很感謝瑞鎮提這個問題。如果瑞鎮一直沉默下去，福喜就打算放棄機會回家了。

「怎麼還用起尊稱了，你可以叫我福喜。沒錯，我的工作是管理那些馬的健康。」為了能讓話題繼續下去，福喜接著說：「聽說你很喜歡動物。」

「是我說的。」安靜坐在一旁的恩惠插嘴道。

瑞鎮點了點頭，可能是覺得在獸醫面前說喜歡動物很害羞，摸了一下後頸。

「不知道算不算喜歡……就是覺得動物很可愛，大家不是都這樣嘛……」

「不是每個人都這樣。很多人就算有養動物，也不知道真正愛動物的方法。很多人沒有把動物當成同伴，而是追隨流行、根據自己的需要把動物當成了消費品。」

「賽馬場的馬也是這樣嗎？」瑞鎮小心翼翼地問。

福喜明知這個問題不是在追究自己的責任，還是感到一陣口乾舌燥。

「無法參賽的馬，運氣好的話才能活下來，運氣不好就會死掉。」

瑞鎮沒想到那些馬的結局是這樣，惋惜地嘆了口氣。

「運氣不好而死掉的原因很簡單，因為離開那個狹窄的馬房後，沒有地方收留牠們。我反對安樂死，但盲目的反對最終也只是讓牠們自生自滅。地球早就成為以人類為中心的星球，動物即使遠離到沒有人類的地方也無法生存。這個社會根本就不存在動物可以生存的體系，而且只改變某部分也無法解決根本的問題。必須從頭開始，重新編寫程式。」

曾經有多少次，福喜想要放出那些馬，還給牠們自由自在的生活。看著那些被關在狹窄馬房裡，渴望與定時供餐機交流感情的小馬，福喜就希望人類立刻從這個星球上消失。在這個極度以人類為中心的星球上，動物就只是變化的犧牲品。人類把環境破壞到動物根本無法靠自己的能力生存，結果現在說要還牠們自由。福喜認為，這也是源於人類想要贖罪的自私心態。

三年半前，福喜去過肯亞。她從法國轉機前往北非摩洛哥後，又從那裡去了肯亞。無論是抵達非洲前還是回國後，福喜都吃了不少苦頭。出發前一個星期，福喜開始服用預防瘧疾的藥，還打了黃熱病疫苗。比起祝福她旅途愉快，有更多人叮囑她一定要活著回來。

搭車前往肯亞的馬賽馬拉國家保護區時，福喜在車上吐了，但不是因為暈車，而是因為溫度、濕度，以及在保護區入口處看到了餓死的動物，導致胃酸逆流而上。福喜終於升起搞不好會死在當地的想法，她意識到，這片土地上的所有生命都會死去。

就像首爾有首爾林、紐約有中央公園一樣，地球上有亞馬遜雨林，動物們有馬賽馬拉。在肯亞被稱為馬賽馬拉，在坦尚尼亞叫作塞倫蓋提，由此可見，連叫什麼名字也是從人類的觀點出發。福喜在那裡遇到了只有三個月的小象。脫離象群的小象趴在地上，就像在等待飢餓的獅子。由於營養不良，骨瘦如柴的小象已經失去原有的模樣。幸好小象在鬣狗和獅子出現前遇到了福喜一行人，他們把小象帶到安全的地方，為牠注射營養劑。福喜看到小象沒有象牙，猜測小象掉隊後遇到了偷獵者，被那些人割走了象牙。

在地的管理員搖搖頭說：「有些小象出生時就沒有象牙，就算有也很短很小，只能看出長牙的痕跡而已。這個小傢伙也是出生時就沒有象牙了。」

「……這是好的進化嗎？」

話一出口，福喜便意識到自己問了個蠢問題。所謂進化，不過是為了生存而做出的選擇。小象為了躲過人類的魔爪生存下去，選擇自行脫落象牙，這怎麼可能會是好的進化呢？

管理員笑著回答：「我們只能希望牠們最後不要選擇自行絕種。」

如果幾天後沒有遇到集體自殺的斑馬群，福喜只會以為管理員在說笑。

福喜回顧了一下肯亞之行，突然覺得話題太沉重了，似乎破壞了氣氛。她為了轉換氣氛而自嘲：「哎唷，這話題太嚴肅了吧！」

瑞鎮沒說什麼，只是笑了笑。福喜覺得他的笑容既沒有肯定、也沒有否定。這話題的走向讓福喜研判大概無法期待下次再見了，但她不後悔說了剛才那番話。恩惠與福喜四目相接，搖了搖頭，似乎也是同樣想法。恩惠還想再說些什麼轉換一下氣氛，正要開口時，一個不速之客出現了。

穿格子襯衫、腳踩拖鞋的不速之客抓住恩惠的肩膀，叫了一聲「姐姐」，隨之露出了恩惠剛才看到瑞鎮時的表情。

「禹瑞鎮？」

福喜從這個人驚訝的表情判斷，她就是恩惠的妹妹。

寶敬

那孩子叫智秀？徐智秀。

寶敬把這個名字存在手機備忘錄裡，她不想下次見面時忘記這個名字。寶敬很好奇延在是怎麼和那個看起來有禮貌、功課又好的孩子成為朋友的。當然，不是說延在比不上那孩子，只是她從沒給寶敬看過成績單，所以寶敬猜想女兒除了機器人，似乎在學習方面沒什麼天賦。寶敬覺得，不要說當年自己念書的時候了，現在的孩子如果沒有互利關係，更不可能成為朋友。雖然有人批評競爭時代下的孩子缺少團結互助的精神，但寶敬並不覺得這是什麼壞事。比起在沒有幫助的關係上浪費時間，這種交友方法才是明智之舉。

總之，原以為直到畢業也不會帶朋友回家的延在把智秀帶回了家，寶敬希望她們可以好好維持這份友誼。

今天早上，寶敬也在尋找開口的機會，她不停斜眼瞄延在。只見又熬夜的延在呆坐在餐桌前，反覆用筷子夾起又放下花椰菜，接著放下筷子又跑去二樓。寶敬慌忙地叫了她一聲，但聲音根本無法趕上延在的速度。寶敬不懂延在從早上開始到底在忙什麼。幾分鐘後，延在跑下樓，嚷嚷著沒時間吃飯了就衝出家門。寶敬每次都會對難以溝通、性格急躁的延在生悶氣，但她也很清楚延在這個性是複製了誰的基因。

事故現場分秒必爭，所以平時只要不是性命攸關的事，消防員都不會著急。談戀愛時，寶敬經常因為這樣生消防員的氣。電影開場五分鐘前還在慢吞吞走路的消防員，怎麼可能不惹怒必須提前半小時到場的寶敬呢？即使車子在前方有交通事故的高速公路上寸步難行了很久，消防員也不會煩躁，反倒擔心起傷者的安危（這多少反映了職業精神）；就算寶敬因為沒聽到鬧鐘起晚了，消防員也會叮囑她慢慢準備再出門，然後自己到附近的書店看書等她；哪怕是餐廳搞錯了菜單，遲遲沒有上菜，消防員也會安撫生氣的寶敬；在玄關穿鞋時，就算看到電梯來了，消防員也不會著急趕電梯，而是穿好鞋後再等下一班。

起初寶敬還以為消防員是在演戲。戀愛初期，誰都希望盡力討好對方，但消防員這樣不免讓寶敬覺得有點誇張。然而交往一年多後，消防員也沒有任何變化，寶敬這才確定他不是在演戲。就算他是在演戲，寶敬也甘願被這種演技矇騙。準備結婚時，寶敬的性格多少也融合進一部分消防員的性格。

出於單純的好奇心，寶敬問消防員：「為什麼你總是能這麼沉著冷靜、從容不迫呢？有時看到你這樣，我都很鬱悶。」

跟消防員在一起，寶敬有時會審視自己的性格，她覺得自己也不是那種會讓旁人焦慮的急性子。寶敬跑步慢，背劇本也很慢，這雖然也是體力和記憶力的問題，但寶敬絕不是急於求成的個性，而是能默默堅持到底、相信只要有毅力就能成功的人。即使錯過了一班公車，她也能等待下一班；就算提前抵達電影院，也會等到時間再入場，她只是不喜歡做一件事時手忙腳亂。正因為這樣，她才會為了不錯過公車、不遲到入場而提前準備。但消防員似乎從未為此焦慮過，就像不會受到時間束縛一樣。

消防員聽到寶敬的問題，牽起她的手，十指緊扣，仰望起沒有一顆星星的夜空。那時，他的步伐也很緩慢……現在就算寶敬想模仿他，也想不起來了。

「因為太快了。難道不能慢一點嗎？」

寶敬很想問這句話是什麼意思，但沒有問出口。既然好奇，為什麼不問呢？那時的自己沒問，讓這件事成了永遠的未解之謎。

之後的時間好似流水般，快得連消防員也手足無措了。婚後有了孩子，眨眼間孩子便開始健步如飛，消防員也不得不改變自己的速度。兩個人忙碌地照顧孩子，寶敬已經很久沒有穿過漂亮的睡衣，餐桌、椅子上的東西也漸漸堆積如山。

寶敬懷念起消防員的悠然自在。她暗下決心，等孩子可以送去幼稚園後，也要做一個在電影開場五分鐘前不慌不忙走進電影院的人。但陪伴自己做這件事的消防員突然消失了，原本兩人一起面對的生活迫使寶敬得更加快速度，失去煞車的她再也停不下來了，甚至忘記了消防員的步伐。這就是自己的基因。每次看到延在，寶敬都有奇妙的既視感，因為延在太像自己了。

恩惠比平時起得還晚。平常就算睡得晚，她也會在八點多來到客廳。八點十分前，寶敬準備好了早餐，一邊看電視一邊等恩惠。過了三十分鐘，她悄悄打開恩惠的房門。輪椅停在床邊，背對門的恩惠躺在床上。如果恩惠不起來吃早飯，寶敬就打算收拾餐桌了。她叫了一聲恩惠，走進房間。恩惠可能昨晚睡覺前還在讀書，寶敬拿起床頭的平板電腦放在書桌上。

雖不知其他考生的家長採用什麼教育方法，但寶敬的方法是「放牧」。她堅信，如果人生被勒得喘不過氣，一定會有某個地方出現潰爛。只要孩子自己覺得有必要，就會主動想辦法去實現。寶敬認為自己的兩個女兒都有認真思考自己的人生，並且腳踏實地地前行，自己只要在孩子發出求救訊號時扮演伸出援手的角色就好，草率地干涉孩子只會適得其反。

寶敬坐在床邊，搖了搖恩惠的肩。「妳還要繼續睡嗎？」聽到恩惠發出呻吟，寶敬才發現她與平時不同。雖然呼吸還算平穩，但恩惠眉頭緊鎖，渾身發燙。寶敬摸了下恩惠的額頭，馬上去客廳抽屜取來溫度計。三十七點四度。昨晚寶敬透過餐廳窗戶看到恩惠和延在很晚才回來，晚上已經很冷了，但她們都穿著薄衣服。

「恩惠，起來，我們去醫院。」

恩惠緊閉雙眼，搖了搖頭。

「妳發燒了，還是去一趟醫院吧？」

「……」

「恩惠啊。」

「……媽，拜託，妳再讓我睡一會吧。」恩惠有氣無力地懇求。

寶敬坐在床邊，陷入沉思。如果是延在，一定會立刻拉著她去醫院，但恩惠光是準備出門的過程就足以令她更難受，說不定讓她再睡一會就能退燒了。寶敬馬上去客廳取來退燒藥，餵恩惠吃下，又從冷凍庫取來冰袋，用毛巾裹住、放在恩惠的額頭和腋下。幸好沒有丟掉這些冰袋，沒想到竟然派上用場。恩惠覺得太冰，皺起了眉頭。寶敬勸她忍耐三十分鐘就好。

因為恩惠發燒，寶敬延後了餐廳的開門時間。反正平日也沒什麼客人。為了以防萬一，寶敬找出家裡的常備藥放在客廳，隨後泡了一些米，打算煮點粥給恩惠吃。做完這些後，寶敬癱坐在餐桌前，想了想還有什麼事要做。

還能做什麼呢？坐下來休息一下吧。難得不用去店裡，妳也照顧一下自己的身體吧。

如果是消防員，會不會這樣說呢？寶敬趴在餐桌上，閉上雙眼，讓想像和聲音更加栩栩如生。寶敬想像著面帶微笑的消防員就坐在餐桌對面。親愛的，我最近好像也老了，動不動就腰痛、膝蓋痛，這樣下去搞不好會五十肩。一個人顧店越來越吃力了，但也沒那個條件請人幫忙。眼看兩個孩子就要上大學了，我就再撐一下，以後再像你一樣放慢速度去生活。雖然也不知道我做不做得到。

寶敬就這樣趴在餐桌上睡著了。直到突然覺得有人拍了拍自己的背。這不是鬼壓床，而是一個非常真實的夢。寶敬刻意不讓自己睜開眼，為了不從夢中醒來，連手指也沒動一下。但一滴眼淚還是不受控地奪眶而出，眼淚流出的同時，寶敬也醒了。

寶敬坐直上身，雙手捂著臉，笑了出來。沒想到自己還有力氣在這裡裝可憐。如果能預知思念會何時湧上心頭，便能做好準備享受那一刻。但就像突如其來的離別一樣，思念也會很不親切地猛然找上門。

寶敬把泡好的米倒入鍋中，抬頭瞄了一眼二樓，心中莫名產生了揭開他人祕密的欲望。她馬上甩甩頭，一邊說服自己「唉，看了又有什麼用」，一邊把鍋子放在電磁爐上。但這是祕密嗎？延在可是明目張膽地把那個廢鐵帶回家的，再說，延在也沒說不許任何人去二樓，緊閉的房門並不代表「不許進入」啊。嗯嗯，沒錯，就是這樣。

除了堅持反對，寶敬也束手無策，總不能擅自把那塊廢鐵丟出去吧。嚴格來說，那是延在的東西。寶敬掐了一下自己的大腿，告誡自己就算再生氣也不能觸犯底線。現在自己與延在之間已經充滿殺氣騰騰的沉默和漠視，延在顯然也沒有丟掉機器人或說服自己的意思。即使智秀來過家裡後，她們還是沒有任何溝通。關於智秀，寶敬有太多問題想問延在，最後還是忍了下來。寶敬心想，這次絕對不能讓步，最好能在不傷害延在的前提下把那個機器人賣掉。

寶敬也知道如果旁人聽了，一定會很傻眼，甚至嘲笑她思想守舊、不知變通。但事實上，寶敬害怕的並不是機器人的攻擊和叛亂，而是它們所屬的世界，延在未能進入的那個世界。那次延在淡然地說出自己什麼也回答不出來時，寶敬也在一旁默默抑制自己崩垮的情緒。如果消防員還在，一定會為延在的夢想插上翅膀。但消防員不在了，他為什麼要離開我們……想到這，寶敬立刻擦乾手上的水氣走上二樓。上樓時，她隨手拿起拖把。萬一延在突然回來，就可以說自己是在擦地。這也算是說服自己良心的最後一個藉口。

寶敬沿著樓梯來到暗沉沉的二樓。二樓窗簾遮擋得客廳一點陽光也透不進來。寶敬摸著牆壁，打開了客廳的燈。她走到緊閉的房門前，吞了吞口水。明知道沒必要緊張，但聽到屋裡傳出來歷不明的聲響時，還是不由得手心冒汗。這絕不是幻聽，因此寶敬不得不承認自己感受到恐懼。

有什麼好怕的，延在才不會製造什麼恐怖的東西！她只是對機器人感興趣，才買了塊廢鐵回來。

寶敬迅速整理好思緒，伸手握住門把。偏偏就在那一刻，樓下傳來開門聲，接著是輪椅壓過門檻的聲音，寶敬立刻跑下樓。還在發燒的恩惠打算出門，寶敬以為恩惠是要出門買藥，一把攔住了恩惠，問她要去哪。
恩惠卻回答：「我去一趟賽馬場，很快就回來。」
寶敬知道恩惠每天都會去賽馬場，但現在發著高燒，有什麼非去不可的理由？
寶敬斬釘截鐵地說：「今天不行。妳在發燒，怎麼能出門呢？」
「我半個小時內就回來。剛才睡了一覺，現在已經不燒了。」
恩惠抓起寶敬的手放在自己的額頭上。也許是退燒藥發揮作用，恩惠的額頭的確沒有剛才那麼燙了。但就算這樣也不表示沒事了，拖著這樣的身體出門，搞不好會大病一場的。
「這不是可以討價還價的事。恩惠啊，女兒生病還堅持要出門，換作是妳會同意嗎？妳要是非去不可，就先跟我去一趟醫院，然後我開車送妳過去。」
寶敬以為這樣恩惠就會知難而退，但恩惠想了一下，點點頭，同意先去醫院，再去賽馬場。寶敬又加了一個條件，要她吃過早飯再出門。這次恩惠也乖乖點頭。恩惠去洗臉時，寶敬煮好了粥。恩惠這麼堅持一定有她的理由，執意反對也不是辦法。先照恩惠的意思做，回頭再說教也不遲，畢竟她不是不明事理的孩子。
恩惠確診為小兒麻痺、開始治療時，寶敬沒有哭。生活壓得她喘不過氣時，也沒有掉一滴淚。眼淚解決不了任何問題。寶敬相信，只要全力以赴，咬緊牙關就能挺過去，而且當時醫生提到的生物相容性義肢，成為了撐住她的支柱。
如果病情惡化到不能走路，您也不必擔心，現在的科技日新月異，只要安裝這種生物相容性義肢就可以像正常人一樣走路，完全看不出是義肢。如今的疾病不像從前了，請看一下這段影片。日後有需要的話，我可以為您介紹這個領域最權威的博士。雖然價格有點貴，但很快會普及的。請不要氣餒，家屬也要有信心。說到底，所有疾病都需要患者和家屬一起對抗。

久病只會在患者與家屬間累積負債，並且互相傷害，連解決問題的時間也沒有，很快便又在原有的傷口上累積新傷口。寶敬安慰自己，總有一天會還清這筆債。為自己加油打氣的話早已成為沒有靈魂的口號。哪怕只是一點瑣碎小事也會拉高嗓門，走在路上還會無緣無故地癱坐在長椅上。每當這時，寶敬就會想起醫生的話，自我喊話這場苦難是有盡頭的。但最終，也是醫生的話讓寶敬流下了眼淚。

醫生說：「這不在保險範圍內。」

使寶敬落淚的不是疾病、患者、彼此給的傷害和他人的視線，而是因為沒有錢而無法解決問題的現實。如果把消防員的死亡保險金全部用在安裝義肢上，未來要靠什麼過日子？最後，寶敬用那筆錢買下這間餐廳和現在住的房子。也是在那時，寶敬第一次體驗到什麼是悲慘與惆悵。就算是消防員罹難時也沒有這樣過，因為那是寶敬無能為力的問題，也有很多可以指責的對象。但這次，指責的手指只能指向自己的心了。銳利的手指插入胸口，硬是把傷痕累累的心攪得更加血肉模糊。那天晚上，寶敬一直哭到天亮，她不知道坐在輪椅上的恩惠在門外徘徊了很久。

那天之後，寶敬和恩惠間累積了無法償還的債。即使不是任何人的錯，卻只能兩個人默默承擔。

從那時起，恩惠失去了希望，寶敬反對的事也消失了。兩個人之間出現了一條線，那是為了不再傷害彼此而保持距離的裝置。雖然寶敬知道這與延在無關，仍希望她也可以理解。寶敬在一無所有的情況下成為兩個孩子的母親，她也只能希望獲得孩子的理解。

寶敬幫洗好臉的恩惠又測了一次體溫。三十六點九度。雖然退燒了，但還是不能掉以輕心。寶敬把粥和藥端到恩惠面前。

「把粥都喝了，然後把這兩顆藥也吃了。」

恩惠點點頭，用湯匙舀起一大口粥。

為了幫恩惠找件厚外套，寶敬又上了二樓。雖然現在穿有點早，但不妨把今年春天整理好的冬衣先都搬到客廳。現在季節變換得太快，等過了中秋，可能連好好感受秋天的時間都沒有，就會從西伯利亞吹來寒風。這年頭要是稍稍放鬆警惕便什麼都會錯過。提早備好衣服，才能預防換季時不感冒。

寶敬推開另一個房間的門。雖然偶爾也會打掃，但無人使用的房間很快還是積滿灰塵。寶敬捂著嘴和鼻子，打開窗戶。這個房間堆放著寶敬婚後用過的原木電鋼琴、年歲已久的餐桌和用過的空氣清淨機。都是搬家時該丟掉的東西，但還是都搬過來了。理由很簡單，因為寶敬不忍看著這些東西孤零零的放在社區垃圾場，就又撿了回來。

寶敬接連打開五個箱子，都沒看到要找的衣服，她拿起一件羽絨衣，但現在穿太厚了，又放回去。這些箱子裝的都是冬衣。寶敬這才想起另一個房間還有幾個箱子，可能要找的衣服都在那裡。寶敬蓋好箱子後，看到壓在最下面的一個箱子。歷經歲月洗禮的那個箱子不但變色，也被壓得變形了。還有這個箱子？寶敬已經想不起來裡面裝了什麼，於是在毫無準備的情況下打開了蓋子。

當看到保管了十多年的消防服時，壓在心底最深處的感情就像刺骨的寒風一樣貫穿寶敬。因為擔心碰到水會溶解，連洗也沒洗過的衣服還保留著當天的痕跡。打開箱子的瞬間，寶敬感受到錐心之痛，立刻反射性的蓋上蓋子，把箱子放了回去。也許多年後還會像今天一樣再次打開它，但在此之前，寶敬決定先忘記它，好好生活下去。

最後一個箱子占據了寶敬的思緒，所以她才會毫無防備、在忘記另一個房間裡有什麼的情況下，推開了房門。所以寶敬差點就被閃著綠光、轉頭看向自己講話的東西嚇得跌破頭。

「你好，我是花椰菜。您也可以叫我花椰菜。哎呀，我嚇到您了吧？」

恩惠

恩惠從十六歲開始在家自學。其實在更早以前恩惠就想自學了，卻遭到寶敬反對。雖然寶敬每天早上都像念咒一樣告訴恩惠，妳與別人不同，更沒有逃避的理由。恩惠知道說這些根本無濟於事，但還是選擇假裝相信。只要假裝相信，說不定有一天就能信以為真了。

在自學前，恩惠有去學校上學。從家坐輪椅去學校，需要三十分鐘左右。如果搭公車就只要十分鐘，但恩惠只能坐輪椅去上學。冬天臉會凍僵，夏天會汗流浹背。雖然身體辛苦，但還是比搭低底盤的公車舒心。上學路上，恩惠不能聽歌，因為路人會搭話說：「小心、前面有什麼、後面有車……」偶爾還會有人在未經允許的情況下，擅自幫她把輪椅推上傾斜的人行道。雖然這裡不想用「幫助」一詞，但站在那些人的立場，的確是給予了幫助。可是在他們伸出援手時，卻沒有考慮恩惠的感受。人們只是抓住了輪椅的把手，但每當這時，恩惠都會心跳加速，感覺就像被人抓住了手臂。

人們覺得這是善意。要是恩惠冷淡地回答「我知道」或不理睬，就會成為無視他人善意、沒禮貌的人。很多人會立刻皺眉，或毫不掩飾地咋舌表示不滿，所以恩惠都得笑臉相迎。人們希望在恩惠身上看到積極的力量，看到她無論遇到任何情況都能不屈不撓，笑著克服。恩惠知道人們對自己的期待，她壓根不想成為別人人生的慰藉和希望。恩惠很想拿著麥克風大喊：「請你們顧好自己的人生吧！」

值得慶幸的是，回家路上，恩惠不是一個人，而是有周元結伴同行。周元和恩惠的家住同個方向，但也只能走到十字路口。全校只有他們兩個人不住在高級大樓。

沒有做植入隱形眼鏡手術的周元是全校唯一一個戴眼鏡的學生。通常大家都會在十五歲前做植入隱形眼鏡的手術，如果沒什麼特殊原因，這項手術就像某種必經儀式。手術無需考慮眼壓和角膜厚度，只要根據個人情況設計特殊的隱形眼鏡就可以了，可以說毫無副作用。

有別於存在受傷危險的眼鏡，植入隱形眼鏡更方便，而且可以矯正近視和散光，時間久了再更換新的隱形眼鏡就可以了。最重要的是，這項手術有醫療險，手術也只需十分鐘，所以視力不好的孩子都會做手術。雖然眼鏡沒有消失，但人們會把戴著高度數眼鏡的人視為淘汰者。但周元沒有做手術——不，他是沒辦法做手術。因為遺傳性福斯氏角膜內皮失養症，周元的角膜內皮細胞的退化速度比普通人快了幾倍，所以無法做手術。

恩惠很開心可以和周元一起回家，有周元同行比一個人回家有趣，也很安全，但有時也覺得跟周元住同個方向很倒霉。有周元在時，人們就不會隨意施捨親切，但班上同學總會把兩人扯在一起。即使他們毫無共同點，大家還是會想方設法找出一些直白、過於一次元的詞語把他們綑綁在一起。

「三次元的我們不用在意那些二次元的話。」周元說。

恩惠覺得這句話沒什麼說服力，因為有時她會覺得自己和周元身處三次元，但其他人好像已經抵達了其他次元。周元會用與別人不同的思考方式解讀和理解世界。有時恩惠也不理解周元的話，但她還是很喜歡周元的表達方式。周元關懷人的方式與別人不同，遇到要上人行道的路口時，周元會停下腳步等待恩惠。從周元的舉動中看不到施捨的善意，他似乎覺得這是理所當然的。但這樣的周元反而讓恩惠覺得很舒服。恩惠覺得這就是善意，不必感激或內疚，一切就像人與人之間自然響起的和弦。

從那時開始，只要想到以後如果不念同一間高中，就要和周元分開，恩惠就很難過。如果學校離得近，放學後還是可以見面，但彼此一定會因為忙著適應新環境而減少聯絡。恩惠覺得自己可能再也不會遇到像周元這樣的朋友了。

要是知道分別來得更快，恩惠就不會把時間浪費在胡思亂想上了。

周元說暑假要搬家，但不是搬去附近社區或其他城市，而是要搬到搭十二個小時的飛機才能抵達的地方。聽聞消息時，恩惠還不相信，直到周元在出發幾個小時前來告別時，恩惠才接受了現實。

「去那裡做什麼？」

「學英語。」

「這附近不是有英語村嗎？」

「這裡和那裡怎麼可能會一樣呢？」

恩惠沒離開過韓國，所以不知道有什麼不同。周元看起來並沒有依依不捨，況且搬家已經是決定的事了。周元答應恩惠會常聯絡，然後就走了。恩惠望著周元遠去的背影，她期待周元有所留戀，哪怕只是回一下頭，但直到周元變成一個點、最後消失不見時都沒有回頭。

我喜歡周元嗎？與周元告別後，恩惠才思考起這個問題。周元並不出眾，而且比其他孩子矮小。因為戴眼鏡，大家都會以怕他受傷為由，不讓他參加團體運動。這麼看來，他還有點弱不禁風。但恩惠很快便意識到以這種方法評價周元來否認自己喜歡他，是很不健康的心態。恩惠承認了自己是不想承認喜歡周元。我喜歡周元。隨即恩惠又產生了新的疑問，為什麼不想承認喜歡周元呢？這個問題的答案很簡單。

因為在別人眼中，他們的愛不同於常人。正如周元所說，身處一次元的人不可能明白置身三次元的人的愛情。又或者說，那些身處其他次元的人看他們時，從不肯摘下有色眼鏡。但思考這些又有什麼意義，周元已經走了，如果他不知道恩惠的心意，這就不是完整的愛情。

恩惠希望在飛機起飛前告訴周元，這段時間和你在一起很開心，我會等你回來的。告白的話似乎說不出口，但周元應該能明白這句話的意思。恩惠撥打了周元的電話，但響了半天也沒有接。恩惠心想也許是太忙了，所以沒聽到。之後又打了幾次，始終無人接聽。就這樣，飛機起飛了。原以為周元降落後會打回來，但也沒有。恩惠想出了很多理由，可能剛落地忙得不可開交、因為時差、手機壞了……但都錯了。

暑假結束後，恩惠得知了周元的消息。

「聽說他做了手術。」

「什麼手術？」

「植入隱形眼鏡的手術。」

「真的？不是說不能做手術嗎？」

「他聽說美國可以做手術，所以才去美國。我媽說，他還是跟人借錢去的。」

恩惠默默聽著同學的對話。在韓國無法做的手術，但在美國可以。即使不適用於醫療險，而且費用驚人，周元還是為了做手術去了美國。恩惠呆坐在那心想，這是好事。但不知為何，恩惠的身體開始顫抖，連下巴也在抖，因為顫抖得太劇烈，眼淚也流了出來。

周元為什麼不實話實說？為什麼他丟下我去了另一個次元？為什麼會覺得他去了遙遠的未來，或進入了主流世界呢？周元的想法並不重要，重要的是恩惠這樣想，她覺得被拋棄了。從高空墜落後，感覺也出現故障。即使眼淚止不住地流，卻沒有任何感覺。

難道我也要追趕這樣的腳步嗎？

難道是因為我懶惰才這樣的嗎？

恩惠不想哭，但在回家路上，眼淚仍不受控地一直流著。滾動輪子的力氣比平時更大了，但還是在上坡時卡住，險些前傾摔倒，恩惠嘴裡忍不住飆出髒話。已經過了這麼多年，路還是如此不平坦，而且到現在都還要靠雙手轉動輪子。原因不明且看不到形態的憤怒從恩惠的內心翻湧而出，她發出近似悲鳴的怒吼。平時隨意施捨親切的人們也不敢靠近恩惠了，彷彿她手中握著什麼利器在揮舞似的。

進了家門，眼淚還是無法止住，即使恩惠不想讓家人看到自己以淚洗面的模樣，還是情緒失控，哭得更傷心了。寶敬問她為什麼哭，但恩惠只是以哭聲回答。寶敬在房門口徘徊了老半天，最後只得無奈地走開。恩惠連飯也沒吃，哭累後睡著了，凌晨醒來又繼續哭。隔天，恩惠沒有去上學。雖然寶敬質問她為什麼不去上學，但轉頭還是直接打給老師、請了病假。之後的兩天是週末，是餐廳最忙碌的時候，寶敬和延在都不在家。恩惠就像忘記了如何動，整天躺在床上也不起來吃飯。睡著後，還會被永遠動彈不得的惡夢驚醒。

週日晚上，寶敬才終於有空跟恩惠說話。已經接近午夜了，招待了一天客人的寶敬一臉倦色，但她還是耐心地哄著女兒。

「明天媽媽陪妳去學校好嗎？」接著又問：「是學校有人欺負妳嗎？」

恩惠始終一聲不吭。恩惠很想告訴寶敬發生了什麼事，希望得到媽媽的安慰，但她也搞不清楚自己怎麼了。其實恩惠很擔心寶敬會生氣丟下自己走出房間，但還是沒能把這種感受轉換成語言。寶敬非常冷靜、也沒有動搖，就像早有預感會發生這種事。

她抱住背對自己的恩惠說：「恩惠啊，只要妳肯說出來，媽媽都會答應妳，而且不會問理由。」

恩惠遲疑了半天，才開口說自己不想去學校。寶敬一時難掩驚慌失措的神情，但也不想出爾反爾，於是沒問一個字便答應了。要是寶敬追問理由，恩惠會這樣回答：「媽，放學回來的路，我走得好孤獨。我不是累，而是孤獨。雖然不知道孤獨意味著什麼，但找只能說，那條路太孤獨了。」

寶敬去了幾趟學校，回來告訴恩惠以後不用再去上學了，她申請了在家自學教育，並且要恩惠答應，即使在家自學也要按時起床上課。恩惠立刻點頭答應。恩惠當時實在很想說聲謝謝，但話到嘴邊還是沒有說出口。

現在也該冷靜下來了，哭解決不了任何問題。雖然心裡還是難受得想哭，但哭泣只會讓情況更糟。痛快地哭過後，也沒有任何改變。如果不打算哭一輩子，現在就得收起眼淚，思考以後要做什麼。自學後，恩惠有更多時間思考問題了。
說吧，妳打算怎麼辦？
恩惠沒有馬上想到答案。她取出日記本，在第一頁這樣寫道：

我很難受。

然後再問自己：

嗯，然後呢？難受又能怎樣？妳現在打算怎麼做？
嗯……不知道。
妳不知道，誰知道？有答案嗎？可以解決嗎？那妳說說看，如果妳能說出一個方法，我就試試看。
……
看吧，沒有？不知道方法的話，就努力去做。
做什麼？
什麼都做！吃飯、吃藥、運動和讀書，先努力去做妳能做的事。之後無論什麼事，也一定能找到方法！總不能一直這樣下去吧。
好吧，我知道了。

知道什麼？

我會做現在力所能及的事。雖然不知道能做什麼，但我會去做，我會為自己加油的。

恩惠真的有在為自己加油。每當憤怒、鬱悶到想哭時，恩惠都會給自己加油。這與寶敬為她打氣的方法不同。寶敬會說「妳可以的」、「一切都會好起來的」，恩惠卻對自己說：「妳不做怎麼辦？」「妳這樣哼哼唧唧，只會讓自己更累。」若要問哪一種方法更有效，自然是後者。就算對自己講一些難聽話也沒關係，只要能獲得力量就好。畢竟好聽話解決不了所有事。

恩惠的生活不需要他人幫助。就像人們初到陌生的地方會四處徘徊，恩惠遇到陌生的情況也會不知所措，但很快便能解決問題。即使如此，也不代表恩惠就能暢行無阻地解決所有問題。雖說這是一個無所不能的時代，也仍是恩惠無法抵達的世界。

妳在逃避嗎？

我沒有逃避。

那妳為什麼躲起來？

不想那麼累。

這不算逃避嗎？

……

妳除了逃避，就沒有其他招了嗎？

我為什麼不能逃避？

嗯？

我累了也會想休息，有什麼不對嗎？為什麼我一定要充滿熱情地挑戰每一件事？別人就不用這樣啊。所謂的普通人累了就可以休息，受不了了就可以逃避。我也要像他們一樣。妳真是煩死了！

那時的恩惠不知道應該設定逃避的時限，因為沒有明確的時限，所以漸漸延後了返回的日子。有時，這個世界就像沒有縫隙讓恩惠進入的齒輪。恩惠彷彿是從一開始就被組裝成無法融入群體的機器人。

每當想回擊這個世界，又因為身體而無能為力時，氣不過的恩惠就會去賽馬場。就這樣，Today成了恩惠的樹洞，成了唯一可以傾訴祕密的對象。但現在，Today時日不多了。

「我不會哭。」恩惠拖著沉重的身體來到Today面前，下定決心說：「哭泣解決不了任何問題。」

這句話既是對Today說，也是對自己說。哭泣解決不了任何問題。

恩惠強忍住眼淚，再次堅定地說：「我不會失去你的。」

恩惠覺得現在就是結束逃避、回擊世界的最好時機。那天她翻開日記本，這樣寫道：

我很堅強。

我可以守護Today。

班導師根本不在意延在的感受，絲毫沒有要掩飾驚訝之情，即使延在也站在一旁，他卻只看著智秀問：

「妳真的要和禹延在一起參加？」

氣死人了，早知道就不該一起來交申請書。延在為了忍住怒火，用力呼出鼻息。但她也不是不能理解，如果換成自己是老師，也會對整天趴在桌上睡覺的學生和全國名列前茅的學生攜手參賽感到詫異，甚至懷疑前者威脅後者也很合理。但就算如此，也不該在學生面前表現得那麼露骨吧。顯然班導師不擅於觀察學生，智秀也沒在他面前提過延在的才能。

面對這樣的問題，智秀只回答了兩個字：「是的。」

「這是很重要的比賽……」

班導師欲言又止，沒把話說完。延在為他設計的臺詞是：「這麼重要的比賽妳要和禹延在一起參加，瘋了嗎？」

「我知道，所以才和禹延在一起參加。」智秀理直氣壯地回答。

當著延在的面，班導師也不好再多說什麼，於是一臉不解的把申請書夾入文件夾。

「總之，明天截止報名，要是有什麼變動，隨時過來找我。」班導師輪流看了看延在和智秀，又問：「妳們很熟嗎？」

「不熟，但這跟比賽……」

延在想問熟不熟跟參加比賽有什麼關係，但被智秀打斷了。

「嗯，很熟。怎麼了嗎？」

「我都沒看過妳們倆玩在一起。」老師露出一頭霧水的神情。

「我們來學校是為了讀書，又不是為了玩。如果沒其他事，我們先走了。」

智秀拉著延在的手走出辦公室。延在心想，智秀的回答勝過自己想說的話，就算她說的不是事實，至少堵住了老師的嘴。

本以為走出辦公室，智秀就會鬆開手，但走在前面的智秀一直拉著延在。延在很想甩開智秀的手，但考慮到對方的感受，只開口說了一個字：「手。」

智秀沒聽清，回頭反問：「妳說什麼？」

「妳能放開我嗎？」

智秀看了一眼自己的手，立刻像趕走落在手上的蒼蠅似的甩了一下。早知道就先放手了。延在覺得很尷尬，於是把手放進制服褲子口袋裡。

延在還以為一起交了申請書後，就能各走各的路了。但智秀似乎不是這麼想，她與延在並肩一起朝正門走去。還在晚自習的教室亮著燈，校門口停了一排準備接孩子去補習班的車輛。延在以為那些車輛中也有等智秀的，但走出校門口後，智秀還是跟在身旁。

延在想問智秀幹麼跟著自己，但考慮到她家也可能住同個方向，就忍了下來。另一方面，延在也在等待時機，想跟她聊聊合約上的內容。

昨晚，延在只花二十分鐘就填好申請書，然後列出修理花椰菜所需的零件清單。延在擔心寫太籠統會出錯，連製造商和品名也詳細標記好。清單就存在手機裡，只要智秀開口問便可以立刻傳給她。走過人行道，穿過商店街，抵達莫溪川時，智秀仍與延在保持不近不遠的距離。延在這才確定，智秀不是往家的方向走，而是在跟著自己。延在停下腳步，智秀也停了下來。

「妳要往哪走？」延在問。

「我在跟著妳啊。」智秀露出怎麼明知故問的表情。

「妳幹麼跟著我？」

莫溪川附近一個人影也沒有，但延在還是環顧了一下四周。

延在不想再帶智秀回家了。與其說有什麼特別理由，不如說是沒有理由再帶她回家了。合約已經簽好，有事可以傳訊息。延在覺得智秀並沒有想跟自己培養什麼感情，很納悶智秀為何要跟著自己。但智秀淡淡地說出了延在意料之外的理由。

「我也想看看那個機器人。」

「為什麼？」

「想看一定要有理由嗎？妳的問題也太奇怪了。」

「妳今天不去補習班？」延在就像使出祕密武器那樣問道。

「為了準備比賽，今天開始不用去了。」

「妳這樣成績會退步喔。」

「我可沒妳想得那麼笨。」智秀露出從容與傲慢參半的笑容，看了真不爽。

延在覺得自討沒趣，皺了一下眉頭。「我可沒打算帶妳回家。」

延在只說了這一句，結果被智秀連珠炮轟炸了一番。但延在還是沒有改變想法。連小肚雞腸這種詞都用上的智秀一臉氣呼呼的，很像她書包上掛著的那個橫眉豎眼的北極熊娃娃。

延在不帶朋友回家，並不是曾受過多大的傷害。在延在參加大隊接力衝出跑道的十一歲那年，延在在放學後製作微型機器人的活動中，結識了四個同齡朋友。去那幾個朋友家玩時，延在才發現別人的生活和自己很不同，甚至不同到根本無法比較。

大家提出也想去延在家時，延在考慮了一天才同意，但來到延在家的孩子們個個難掩失望之情。早已習慣喜新厭舊的孩子們看到延在家陳舊的擺設，感到稀奇又不自在。善良的孩子們沒有當面評論什麼，但之後再也沒有人提議去延在家玩了。那時的延在就隱約領悟到，有些事最好還是隱藏起來比較好。

但現在情況不同，自己已經在合約上簽了字，萬一智秀一氣之下告發這件事，花椰菜就會被搶走。這件事關乎比賽，想必智秀不會貿然行事，但這也只是延在的想法。面對憤怒得如北極熊的智秀，延在終於讓步，答應下次再帶她回家，還為剛才脫口而出的話苦思了一個解釋：「上次帶妳回家，因為太突然，希望下次要先通知家人。」既然開了口，延在趁機把事先準備好的零件清單傳給智秀。

智秀大致看了一遍說：「我會跟我爸講的。先講好，萬一他那裡沒有，我也沒辦法。這上面有的等準備好，我會安排寄到妳家。」

「妳爸爸居然這麼爽快就答應了？」

「他比我更在乎這次的比賽。」就在延在遲疑可不可以問理由的時候，智秀主動說道：「為了能考上他希望我念的科系，這次比賽就必須得獎。只要我們能奪冠，連妳想要什麼，他都能滿足妳。」

「為什麼？」

聽到延在的問題，智秀沒好氣地回答：「什麼為什麼，這表示他非常在乎這件事啊。妳聽不懂意思嗎？」

「我是問，妳為什麼要念跟機器人有關的科系？妳對機器人又不感興趣。」

延在的話正中智秀要害，所以她沒有反駁。即使她們不熟，但延在還是看出智秀對機器人毫無興趣。而且剛才看零件清單時，智秀顯然是因為看不懂才皺起了眉，她也沒有問為什麼要用碳和鋁增加機器人的重量。

智秀沒再多說什麼，她噘起嘴，緊抓住書包背帶，直接道了別。掛在上面的北極熊晃來晃去。

「總之，明天見，拜拜。害我白跟妳走了這麼遠，煩死了。」

雖然不知道智秀有什麼隱情，但延在沒有追問，她知道每個人心中都有難以啟齒的事。

分別後，延在沿著莫溪川往家裡走，她下意識地回頭看了一眼反方向的智秀。總是咄咄逼人的智秀垂頭喪氣的，延在莫名覺得心裡很不好受。這時，突然回頭的智秀與延在四目相對，大喊了一句：「看什麼看！」延在沒有理她，轉頭繼續朝家的方向走，甚至默默加快了腳步，看起來就像在跑一樣。

今天早上出門前，延在為機器人取了一個名字，叫「花椰菜」。寶敬準備的早餐有一道花椰菜，剛好延在覺得機器人需要一個新名字。除了綠色，機器人和花椰菜沒有任何共同點，但延在在心裡反覆念了幾遍「花椰菜」這個詞，覺得叫起來滿可愛的。花椰菜，這名字莫名還讓人覺得很環保，實在很適合，健康又環保，還很可愛。延在飯吃到一半就直接跑到二樓，在控制裝置更改了原有的名字。

花椰菜。

花—椰—菜。

紅燈亮起時，延在字正腔圓地念出這個名字，之後又輸出了一個即使不是「花椰菜」，也能做出反應的小名「花椰」。這成了花椰菜的暱稱。

花椰菜

「花椰菜。」

延在沒關電源就去上學了。得益於此，花椰菜可以盡情地念出自己的名字。花椰菜有很多話想說，它感受不到厭倦，但會像電腦進入休眠模式那樣熄滅電源。

延在告訴花椰菜，自己要去上學，大概十個小時後才能回來。花椰菜坐在空蕩蕩的房間裡，這個房間比之前的騎師房更大，足以容下十五臺跟自己一樣的機器人。雖然天花板有點低，但Today只要低下頭應該也可以進來。這個房間還有很大的窗戶，牆壁塗有綠色油漆，一側牆邊擺著抽屜櫃，上面可以看到書籍和相薄等雜物。髒兮兮的棒球和手套、放在相框裡的獎狀和積滿灰塵的獎盃、樂高城堡和久未使用的空拍機，所有物品看起來都與材質無關地充滿溫度。花椰菜待在這個房間裡，覺得時間比之前過得更快了。它覺得在製造自己的過程中一定出了什麼差錯，否則時間怎麼會這麼沒有一致性呢？

花椰菜坐在地上，回想在這個家裡見過的人。這裡住著金寶敬、禹恩惠和禹延在三個女人，徐智秀是禹延在的朋友。花椰菜透過地板和牆壁感受著這個空間多采多姿的聲音，甚至能感受到像Today以每小時八十公里的速度奔跑時發出的顫動。由此可見，這是一棟有生命的房子，大家都在快速地生活著。花椰菜仔細觀察著生活在這裡的每一個人，大家各不相同，十分獨特，她們就像藍黃色、粉紫色和綠紅色的天空。如果能知道一千個以上的詞彙，就可以很輕易地描繪這些人了。

在三個人之中，寶敬是粉紫色。寶敬看到花椰菜時嚇了一大跳。不知從何時開始，她每天都會到二樓觀察一下花椰菜的動態。當四目相對、聽到花椰菜說你好時，寶敬會尷尬地做出反應：「嗯，好。」然後快速跑下樓。有時，寶敬會小心翼翼地問：「要不要幫你打開窗戶？」或支支吾吾地說：「你有什麼需要的嗎……？」

要如何形容寶敬望著花椰菜的眼神呢？反感、敵對、不屑、幻滅……？不，不是幻滅，她的眼神有一絲恐懼。嗯，這樣形容比較好，她的眼神帶有反感、敵對、一絲恐懼和適當的好奇。寶敬不會知道自己是以什麼表情看花椰菜。為什麼她會流露那樣的表情呢？是花椰菜的哪個部分引起寶敬的反感、敵對和恐懼呢？

在安裝好新的腿以前，延在不在家時，花椰菜能見到的人就只有寶敬。這讓花椰菜開始思考該如何消除寶敬的負面情感。為了拉近與寶敬的距離，花椰菜產生了兩個疑問：怎麼做才能拉近與寶敬的距離？另一個是，為什麼想要拉近與寶敬的距離？但這兩個疑問都沒有找到答案。花椰菜最終得出的結論是，自己的內部裝置可能輸入了分析人類臉部肌肉時，必須糾正移動異常的肌肉的命令。

從正午到臨近子夜，寶敬都會待在餐廳。花椰菜可以感受到她出門和回家時的腳步聲很不同，下班回來的寶敬就像雙腳綁著二十公斤的沙袋。走進家門後，寶敬會習慣性地喊一聲：「我回來了。」接著直接走進浴室洗澡，躺到床上時，她還會發出連聲長嘆，然後立刻毫無聲息地昏睡到天亮。寶敬會在七點睜開眼睛，準備早餐，延在去上學後就開始打掃。有時只打掃客廳，有時會打掃客廳和房間，有時還會一直掃到二樓的廁所。偶爾，她也會躺在沙發上說：「好累啊，不想做了。」

寶敬就像A級賽馬，即使累也不會停下來，而且很快、很厲害。

寶敬和花椰菜在家時，花椰菜成了寶敬聊天的對象。花椰菜裝好新的腿、可以自由上下樓後，寶敬甚至感到慶幸。當然，她的警戒心並沒有消失。寶敬與花椰菜總是保持十步的距離，寶敬坐在餐桌前，花椰菜會站在客廳，寶敬坐在沙發上，花椰菜就會站在樓梯上。

有時聊著聊著，寶敬會突然變換另一種眼神，看著花椰菜說：「要是他還在，我也會和他說這些吧……」

「……」

「雖然有兩個女兒，但我不敢跟她們說這些，怕增加她們的壓力，也不想讓她們為我擔心。」

「……」

「抱歉，人類就是愛亂說話。你不知道什麼是思念吧？還真讓人羨慕。」

「可以請妳解釋一下什麼是思念嗎？」

聽到花椰菜的問題，寶敬陷入沉思。花椰菜盯著有缺角的杯子裡冷掉的咖啡，等待寶敬回答。

「就是逐一放棄記憶。」寶敬沒有看花椰菜，而是把視線移向廚房的窗戶。「雖然會時不時地想起，但每次都不得不承認，再也回不去了，所以要把心裡的疙瘩一個一個摘下來，直到都摘光為止。」

「可以摘下來嗎？那樣會死的。」

「嗯。反正不管怎樣都會死，這樣下去也遲早會死，但死了就一了百了了。我現在就是以這種心態活著。」

寶敬沒有像珉周一樣使用簡單的詞彙，而是回答得更難懂、更無法理解了。雖然花椰菜很想問這句話是什麼意思，但從寶敬望向窗戶的視線和緩慢的呼吸，它意識到寶敬不想再講下去了，於是閉上了嘴。

花椰菜在某種程度上理解了「不得不承認回不去了」是什麼意思，它也深知自己再也無法回到記憶卡儲存的那些瞬間了。就算可以模仿，也回不去的那些瞬間。花椰菜一聲不響地站在原地。一道霞光照在餐桌邊，很快延展至半張餐桌。

「只有一個方法可以重返思念的瞬間，那就是幸福地活在當下。」

寶敬的瞳孔像霞光一樣閃爍。閃爍的東西都很美，花椰菜卻覺得寶敬的閃爍近似於哀傷。

「幸福是靈丹妙藥。」

「……」

「只有幸福可以擊退思念。」

原來這就是思念啊。花椰菜也有了思念的瞬間——與Today奔跑在賽道上，感受Today發出的幸福的顫動。

寶敬很後悔跟花椰菜說了這麼多私人的事，當下她並沒有察覺到對花椰菜的反感之情早已退去。但花椰菜察覺到了，它從寶敬後悔的表情中看到之前從未有過的些許安逸。透過這件事，花椰菜學習到一種方法——對話。不斷嘗試對話，寶敬心中的負面感情就會像變薄的表皮，一層層脫落下來。

為了從寶敬臉上剝去這些負面情感，需要嘗試多少次對話、聆聽多少心事？還有，需要多久的時間呢？自己有那麼多時間嗎？

花椰菜還從寶敬身上發現一個特點，即使她的手總是伸向恩惠，嘴上卻經常提起延在。寶敬很厲害的是，她的嘴與手，手與心似乎可以分開行動。

寶敬很好奇花椰菜和延在單獨相處時都在聊什麼。

「那孩子已經很久不和我講話了。」

就算寶敬用和藹的語氣拜託花椰菜告訴她，但花椰菜接收了延在的命令，不能把對話內容透露給任何人。

「為什麼？我會保密的。你說嘛。」

寶敬又追問了幾句，但因為系統設定，花椰菜只能重複否定的回答。

「這是不是就像人類不能睜著眼睛睡覺一樣啊？」

只要有機會，寶敬就會試探花椰菜，她相信只要持之以恆，總有一天花椰菜會掉進自己設的圈套。但對花椰菜而言，如果不重新設定就不能開口。幸好寶敬並沒有對守口如瓶的花椰菜發脾氣，反而覺得這種狀況很有意思。你就不能告訴我嗎？不能。今天真的不能告訴我？不能。今天也不打算講嗎？嗯……寶敬和花椰菜似乎都對這重複的對話樂此不疲。

延在的朋友智秀來時，寶敬也很開心。即使是平日的晚上，寶敬也會趕回家為她們準備好水果和零食。對寶敬而言，智秀來家裡作客似乎是很特別的日子。徐智秀，花椰菜也對這個人產生了興趣。只要她來家裡，寶敬就會很興奮，延在也會變得比平時愛講話，甚至做出不同於平常的舉動。智秀來家裡時，延在的表情、聲調和行動都與平時略有不同。花椰菜覺得這件事還需要更深入的觀察，所以在記憶卡裡另外設置了「延在和智秀」的分類。

在智秀來家裡的日子中，卡車載著滿滿零件抵達的那一天，延在最開心。那天延在一直待在院子裡，叮叮哐哐地查看零件。隔天一早，延在拿著3D設計圖和零件上了二樓，又抱著零件樓上樓下跑了好幾趟。滿頭大汗、準備就緒後，延在笑著對花椰菜說了一句令人毛骨悚然的話：

「這個週末，我會把你的身體拆了，然後再按照這個圖紙重新組裝。」

面對大事將至，延在的態度更加嚴謹。從那天起，延在和之前一樣坐在花椰菜旁邊開始熬夜，修改了一次又一次設計圖。休息時，延在就像講解手術細節的醫生那樣，為花椰菜展示和講解設計圖。

「我會在連結脊椎和骨盆的中心軸加一個氣墊，這樣就可以轉動下半身。但轉的幅度太大會很奇怪，所以得調整一下旋轉率。還有馬達，這馬達不是特別好，因為是拜託人家，也不能要太貴的……如果空隙太大，馬達會晃動，走路時要是發出噠噠噠的聲響會很滑稽。你做好心理準備喔。喔，對了。這次我會用鋁來製作你的身體，這樣你的重量會比之前更重，反正現在輕重對你已經不重要了吧？雖然是考量到價格，但也算是我的個人喜好啦。我喜歡鋁冰冷的質感，還有異質感。不過我再怎麼說明，你大概也不會理解。我這次不打算使用液壓馬達了，因為你現在不需要再吸收那麼大的衝擊了。但我會在腳踝加入緩衝裝置，彈簧裡會加入這種氣壓缸，銀色的小棒棒。因為身體很重，所以會讓你使用下半身行走。你有什麼意見嗎？」

「沒有，很完美。」

聽到花椰菜的回答，延在哼了一聲。

「完美？你講這種話好好笑。」

「妳的說明真的很完美。我信任妳，願意把自己交給妳。」

「這些話你是從哪學來的？」

「珉周管理員。他說，Today很信任我，所以把自己交給了我。」

「那個大叔真的很奇怪耶。」

「妳也很奇怪。」

比賽結束後，Today會精疲力盡。花椰菜可以從外部獲取能量，但生命體的能量動力源都在體內，所以在消耗一定程度的能量後，就需要休息，而恢復能量的代表方式是睡眠和進食。但在臨近週末的這兩天，延在既沒有睡覺，也沒有好好吃飯，而是不斷向花椰菜展示設計圖，進行說明。花椰菜看著她閃閃發光的眼睛，聽著那些關於自己的說明。有時，人類會自己發光。

在為了安裝新的腿關閉電源前，花椰菜得知了Today的消息。

「有了下半身，我就可以和Today重新參加比賽了嗎？」

延在遲疑了一下，搖搖頭。「Today不能再載著你參加比賽了，因為你會比之前更重，而且

Today也不能再跑了。」

「Today怎麼了嗎？」

「嗯？」

「聽說Today不能跑的話，就再也沒有用處了。沒有用處的Today會怎麼樣呢？」

延在抿著嘴唇，然後嘆了口氣。「會死掉。」

「為什麼？」

「因為沒有用處了，就像你再也不能參賽後就會被報廢一樣。」

「如果是這樣。」

「……？」

「妳可以像修理我一樣，也修好Today嗎？拜託妳。」

花椰菜沒有聽到延在的回答，因為延在關掉了它的電源。但在關掉電源前，花椰菜看到延在緊咬嘴唇，愁眉不展的表情。

花椰菜不想離開這裡。如果花椰菜也有選擇權，它希望可以一直留在這裡。雖然目前還不知道自己能做什麼，該做什麼，但出於思念，它希望Today也可以在這裡。

最重要的是，花椰菜也想了解恩惠。恩惠是一個很神奇的人，她與其他人不同，她會利用機器移動。在花椰菜眼中，恩惠的一舉一動是那麼熟練且充滿力量。

恩惠

淘汰Today的日子定在兩天後的星期日。

雖然Today好不容易恢復到可以走路的狀態，但絕不可能再跑出從前的速度了。福喜判斷，以這種狀態可能連時速三十公里也達不到，因此賽馬場決定淘汰Today。

恩惠很清楚被淘汰的Today會被送去哪裡。Today會被趕上勉強能裝下牠的小貨車，載到郊外，然後牽到恩惠從沒去過的「某個地方」，在那裡讓Today盡情地吃飽喝足後，最後不徵求牠的意願，強迫牠永遠闔上眼睛。要想避免這種情況，就要有人帶走Today，但沒有人需要一匹連路也走不好的馬。如果人類覺得沒有利用價值，動物就只能死去。這就是福喜所說的，動物在這個星球上的處境。

恩惠假裝不知道這件事，拿出從家裡帶來的杏仁吃了一顆，也分給Today。馬的缺點就在於沒必要那麼聰明，牠們要是能笨一點就好了。貓和狗被人養在身邊，多少能讀懂人類的一舉一動。也許動物都能聽懂人話，只是不會表達。無論怎麼看，這都是悲劇。恩惠用手刻意摸了很多下Today的鼻梁。

恩惠不是直接透過福喜得知此事的。剛走進賽馬場，恩惠就察覺到氣氛與以往很不同。平時只顧玩手機的多映竟然站在大門口等自己，這一點就很奇怪了。多映先是勸恩惠今天還是回去吧，接著又改口要她晚一點再進去。在恩惠提醒多映自己已經滿十九歲後，多映才終於告訴她，現在福喜和賽馬場老闆正在馬房談事情，不能放她進去。聽到這裡，恩惠便猜到他們在談什麼了。一定不會是好事，也不可能是平凡的事，非要說出來的話，應該就是那件很悲傷、很絕望的事。恩惠沒再多說什麼，和多映一起看起綜藝節目，看著藝人們捧腹大笑，笑到抹眼淚，多映和恩惠也沒有哼一聲。等了老半天，恩惠才來到Today面前。雖然應該表現得若無其事，但實在很難做到。

只要能想出可以改變的方法，哪怕是微不足道的方法，恩惠也願意嘗試。但在生活中遇到的難關總是巨大又難闖，以至於恩惠根本無法跨越和閃躲，最後只能調轉方向。恩惠至今遇過很多死路和難關，繞來繞去，最後才繞到這裡。恩惠看不到這條路的盡頭，就算能看到也未必能抵達。每當這時，恩惠就會思考起自己的極限。雖然寶敬一再告訴恩惠，妳的人生沒有設定極限。但恩惠覺得，也許她根本不會知道極限是什麼。

恩惠看著Today黑珍珠般的眼睛說：「這一天來得比想像還快，你也這麼覺得吧？」

Today像是聽懂了似的，用力噴出鼻息，恩惠的頭髮都被吹起來了。

「跟你一起參加比賽的騎師在我們家。它從你身上摔下來，下半身都碎了。」

恩惠把塑膠袋裡的最後五顆杏仁倒在手掌上，送到Today面前，Today湊近聞了聞，像真空吸塵器一樣，把杏仁都吸進嘴裡。

「但我妹妹是機器人天才。幾天前，一輛貨車停在我家門口，送來一堆亂七八糟的東西。她在後院乒乒乓乓了好幾天，幫那個騎師重新裝了一雙腿。真是有夠天才的。」

幸好恩惠家不住在大樓或人口密集的住宅區，沒有哪個鄰居能心胸寬大到忍受和諒解延在從放學回來就一直製造噪音到深夜。從這點來看，住得偏僻也不是什麼壞事。寶敬家就像坐落在沙漠中央的孤獨小屋，偶爾橫穿沙漠的人會到那裡休息，但最終就只有她們一家三口人。雖說人類應該群居，但恩惠覺得跟人相處太累了。

「我也希望能做一個可以幫助你的人。你和我，我們真是吃太多苦了！」恩惠發出嘆息，又說：「但這並不表示我想幫你治好腿。當然，能治好那是最好，但就算治不好也不代表不幸。沒必要跟所有人一樣，就算不一樣也能活下去啊。」

Today的鼻子湊近恩惠的頭，又呼呼地噴出鼻息。

「我這樣只是不方便而已，因為輪子有太多上不去的臺階和抵達不了的地方。科技已經發展到能讓機器人騎馬了，為什麼我還要坐在輪椅上呢。你說是不是？」

恩惠用雙臂抱著Today的臉。她很委屈，但不確定這委屈是因為自己還是Today，只覺得胸口悶到快要窒息了。

「你和我都能過得很好，有時根本不需要幫助，那些人卻擅作主張地認為不幫助我們，我們就活不下去。我媽希望我考上名校，向所有人證明我也可以和其他人一樣好好生活，但我不知道為什麼非要用這種方式證明自己。跟你說喔，其實我想去旅行，帶著相機，走遍這個世界。」

恩惠察覺有人走進馬房，轉頭一看，是珉周。不用問也知道，珉周是來告訴恩惠馬房要關門了。就在恩惠準備離開時，珉周說了一句出乎意料的話：

「我打算要叫一份辣炒年糕。」

恩惠想了想，說：「那就再加一份炸魚板吧。」

珉周的辦公室距離馬房不遠，那是一棟為員工建造的單層混凝土建築。茶水間擺放著電磁爐、微波爐、貼有傳單和優惠券的中型冰箱和四人餐桌，隔壁是可以讓員工躺下來的休息室，還有可以洗澡的浴室以及廁所。珉周用手機軟體叫了辣炒年糕，然後從冰箱裡取出一瓶蘆薈果汁遞給恩惠。

「妳和妳媽長得真像，但禹延在一點也不像妳。」

珉周想起幾天前恩惠和寶敬一起來賽馬場，不用介紹也能看出她們有血緣關係。寶敬不理解發著高燒的恩惠為什麼要來沒開門的賽馬場，一頭霧水地向珉周打了招呼。

「延在長得像爸爸。」

每次想起爸爸，都會中途冒出延在的樣子，然後爸爸的臉就模糊了。關於爸爸的記憶並不多，所以每當這時，恩惠都希望暫時忘掉延在。在恩惠的記憶中，自己第一次坐輪椅時，爸爸也坐在輪椅上，還和自己在醫院的走廊比賽看誰的輪子轉得更快。

恩惠用指甲輕輕刮下貼在蘆薈果汁玻璃瓶上的商標貼紙。珉周本想繼續聊下去，但看到恩惠陷入沉思，於是選擇了沉默。其實珉周一點也不想吃辣炒年糕，晚餐他已經用紫菜飯捲和拉麵填飽肚子了。此時的珉周和恩惠一樣思緒紊亂，他覺得自己很差勁，因為福喜和老闆講話時，自己站在旁邊一聲也沒吭。這種痛苦最終把自己逼入了絕境，但隨之而來的是一個捫心自問的問題——現在才覺得難受？之前你又做了什麼？

珉周知道那些被淘汰的馬最後的結局，所以關於Today的對話並沒有帶來很大的衝擊和失落。珉周和以往一樣，只是覺得像在咀嚼桔梗那樣略感苦澀。即使覺得那些馬很可憐，珉周也束手無策。繼續照顧不能參賽的馬，只會給賽馬場帶來損失，如果經營遇到困難，最後只會波及到珉周。珉周不是管理馬的人，而是被關在透明馬房中的另一匹馬。社會是緊密連結每一個人的系統，那些連結彼此的線牢牢拴著各自的脖子。為求生存，就得在必要時果斷切斷那條線。這不是影響生活的問題，而是影響生存的問題。

珉周為了逃避他們的對話，走到Today的馬房，無意間聽到恩惠與Today的對話。珉周看到恩惠捧著Today的臉竊竊私語，等待著自己登場的時間點。珉周心想，學生應該都喜歡吃辣炒年糕吧？於是發出聲響走了過去。幸好恩惠接受了他的晚餐邀請。

但問題從現在開始了。珉周苦惱該和沉思的恩惠聊什麼，他想了十幾個問題，都覺得太老套、太無聊了。教恩惠不要傷心，根本是廢話，說幾句安慰又覺得不合適。但就算是這樣，珉周也不想扮演什麼老頑固，問她聯考準備得怎樣了。他很想問恩惠如果Today不在了，還會來賽馬場嗎？又覺得絕對不能這麼問。珉周抱怨起辣炒年糕怎麼過了一個小時都還沒送來。

有別於努力尋找話題的珉周，恩惠用極為冷淡的聲音問：「牠會死吧？」

拿著手機亂滑的珉周嚇了一跳，轉過頭「嗯」了一聲，緩慢地點了點頭。但他立刻後悔了。不該把話說死，怎麼不告訴恩惠，牠不一定會死呢。

恩惠面無表情地接受了現實。

「不能再延後一些時間嗎？決定一個生命的死活只用兩天時間，不覺得太短了嗎？」

「嗯……是啊。但那些人可能覺得兩天太長。」珉周又說了實話。

「那些人知道Today只是關節有問題，其他都很健康嗎？」

「當然知道，獸醫都說了。」

「也知道牠還很年輕嗎？」恩惠看著珉周。恩惠在尋找機會。可能那些人忘記了最重要的事實，Today除了膝蓋都很健康，而且牠才活了三年……

「他們當然知道。」

果然，恩惠知道的，那些人也都知道。

「既然知道，為什麼只給兩天時間呢？」

「……」

「太可惡了！真是忍無可忍！」

恩惠的聲音突然激動起來，眼眶也紅了。恩惠知道珉周也束手無策。要說珉周有什麼錯，那就是他此時在恩惠的面前。珉周抽了張紙巾遞給恩惠，但恩惠沒有接，她的眼中充滿憤怒，眼淚一直在眼眶裡打轉，但始終沒有落下。恩惠的憤怒來自Today的命運，以及不理解為什麼這個世界這麼不負責任。顯然這種憤怒就快要超越極限了。

「這個世界，不，整個宇宙，就只有人類這麼殘忍。」

每次聽到寶敬說：「沒關係的，這種小小的不便不能限制妳。」恩惠都很想反駁：「就像人們不會對正常人說，你的正常是合理的，它無法限制你，我也不應該聽到這種話。」

有時，寶敬給予恩惠的溫暖安慰反而成了冰冷、尖銳的鐵窗，就像是再次提醒她，妳脫離了正常範圍。不是輪椅讓無法行走的人們可以移動，而是公車、地鐵、人行道、樓梯和手扶梯讓這些人無法移動。科技在發展過程中徹底抹去了恩惠。而人們對這種情況視而不見，又莫名同情起坐在輪椅上的她，投來惋惜的眼神，聲稱是輪椅拯救了她。

若不能以這樣的身體活下去，當初自己就不會來到這個世界，是宇宙誕生出可以承載一切的自己。似乎只有所謂的「正常人」不知道，這個世界的所有生命體自出生以來，就都擁有了各自生存的能力。

偏偏在這時，外送員敲門了。沒有做出適當回答的珉周就像被趕出去似的，彎著身子朝門走去。珉周猶豫著要不要質問外送員怎麼過了一個小時才來，一邊開了門。站在茶水間門口的外送員提著辣炒年糕，旁邊還站著……

「禹延在？」

延在靠牆站在那裡。

「我也可以吃一點吧？」延在面無表情地問。

珉周手忙腳亂地又找出了一雙筷子。

回家路上，恩惠很想知道延在站在門口聽到了什麼，卻沒有問出口。雖然自己沒有哭，但講話時有點哽咽，延在該不會以為我哭了吧？恩惠很想告訴她自己沒有哭，但又不想先開口提剛才的事。

恩惠和延在的感情沒有很好，也沒有很差。雖比不上摯友，但也沒到形同陌路的程度。她們的關係就好比同班同學，只知道彼此的長相和名字，卻不知道彼此的喜好和關心的事。大概是第一排和第四排的距離。

恩惠所了解的延在，似乎只有她覺得短髮很舒服；不挑食，但也沒有特別喜歡的食物；很喜歡機器人，但不知道為什麼從某一天開始就再也不碰機器人了。恩惠不知道延在在學校過得如何，也不知道她最近看的電影和聽的音樂，有什麼煩惱或喜歡哪個偶像。有時，恩惠甚至覺得她們的關係比坐在第一排和第四排的同學還不如，根本是念不同學校、住在不同國家，若沒有命運使然或發生特別的事，大概到死也不會有任何往來。

看到電視裡的姐妹一起去購物、旅行時，恩惠覺得自己和延在永遠也不會有那一天。打從出生以來，她們便形成分享限定的愛的關係。即使時間再充裕，也無法避免將父母的愛一分為二的競爭格局。孩子會透過良性競爭來獲得父母的愛，進而健康成長。當然，這都是在理想情況下才能實現的事。

延在屬於放棄競爭的一方。延在很早便意識到，只要有恩惠，自己就得不到父母一半的一半的愛，即使得到也轉瞬即逝。但延在沒有任何怨言，她默默做自己該做的，也沒讓父母傷過腦筋。反過來說，延在不曾期待什麼，也從不開口要求什麼。

寶敬也知道，延在太沉默了。但就算內疚，也沒有付出過什麼行動。延在八歲那年，寶敬看出她對機器人很感興趣，正是需要訓練靈活思考、施展那方面才能的時刻，但寶敬什麼也沒做。因為那時消防員走了。

爸爸走後，延在扮演起更重要的角色。延在和朋友玩時，只要接到寶敬的電話，就必須跑回家幫恩惠準備飯菜或幫她洗頭。延在從未撒手不管或抱怨，因為她知道如果自己不做，兩隻手的寶敬就要變成四隻手的怪物了。延在默默做著寶敬交待的事，不過換個角度來說，延在從未主動去做這些。

「妳去找朋友玩吧，我自己可以洗頭。」

「沒關係啦，否則媽媽會念我的。」

「妳就說是我讓妳去的。」

「沒關係啦。再說，她也只會因為這些事找我。」

恩惠突然意識到，無條件的順從成了延在獲得寶敬的愛的最後方法。意識到這一點後，恩惠便沒再拒絕過她的幫助，而是表達感謝。這種共生關係在恩惠可以做所有事後就中斷了。恩惠不再需要延在，但這種解放帶給延在的不是自由，而是空虛。

建立在空虛上的孤獨越積越多，恩惠退學時，延在的孤獨已經膨脹到了極限。

寶敬很爽快地同意讓恩惠退學，彷彿這件事沒有任何問題，恩惠也明白寶敬是在演戲。但不能問原因，寶敬也只能自己胡思亂想。恩惠明知寶敬會幻想很多負面的原因，卻還是沒有告訴寶敬。她覺得要是說出周元是為了做手術去美國，就等於是在抱怨自己連在韓國能做的手術也做不了。就算告訴寶敬真正原因是因為自己喜歡周元，寶敬也只會以自己的方式解讀，然後陷入痛苦。恩惠不想看到寶敬這樣，她覺得，有時沉默就是答案。但她怎麼也沒料到自己的沉默會越過寶敬，成為延在的枷鎖。

恩惠退學前，每逢週末，延在上午會出去玩，下午再到餐廳幫忙。但恩惠退學後，延在就閉門不出了。起初恩惠沒發現不對勁，畢竟延在不是每個週末都有約，大概下週就會出門吧。

但到了下週、下下週，延在都待在家。在家的延在沒特別做什麼，就只是開著電視，坐在沙發上滑手機，睡完午覺醒來後繼續滑，偶爾瞥一眼恩惠。延在看起來很無聊，表情就和電視節目中關在動物園裡的北極熊一樣。不，似乎更像飼養員，無聊地看著關起來的北極熊的飼養員。

不用想也猜得到，一定是寶敬要延在待在家的，恩惠卻選擇假裝不知情。也許寶敬是對延在說，姐姐最近心情低落，妳留在家裡陪陪她。或是擔心恩惠做出自殘行為，才讓延在留在家裡監視她。無論原因為何，恩惠的立場都很尷尬。要是真的不想待在家，延在一定會說吧……

延在週末待在家裡就快一個月的某一天，躺在沙發上的延在講完一通電話後，猛地起身，衝去打開恩惠的房門。在房間裡看書的恩惠被突如其來的開門聲嚇一大跳，更讓她吃驚的是，恩惠連問也沒問就一把抓住輪椅的把手。

「幹麼？妳要幹麼！」

「我們去外面走走。」

延在也知道自己的行為有多無禮，但如果不這麼做，累積在心中的鬱憤就難以消失。恩惠後來回想當時的延在，明白那是她不想傷害自己、卻忍無可忍之下的最後選擇。

恩惠束手無策地被推出房間，才來到客廳就爆發了。她要延在放手，還轉身推了一下延在。延在一動不動地站著，恩惠又狠狠掐了她的手臂。延在這才大叫一聲，放開了手。

恩惠流下交織著憤怒、困惑和傷心的眼淚，她哭著質問延在為何這麼做。那瞬間，恩惠恨透了延在。這一切都是延在的錯，是延在對自己做出的暴行。她認為自己哭是正當的，並希望延在聽到哭聲後能意識到自己做錯了，趕快跟自己道歉。

但延在的眼眶也紅了，大顆的眼淚奪眶而出。恩惠第一次看到延在流淚，她一直以為妹妹是個性格剛烈、不會掉淚的孩子。延在似乎很努力在強忍住眼淚和想說的話，但最後還是說了「對不起」。

停止哭泣的恩惠呆呆望著延在雙頰流下的淚水。雖然延在立刻對自己的行為感到後悔，並道了歉，但她看起來難過極了。恩惠楞在原地，看著延在跑回房間的背影。自那天之後，恩惠的每一天都過得很忙碌，她不再把自己關在房間裡了，週末還會去賽馬場。延在週末也無需待在家了。恩惠很後悔，那天沒有在延在道歉跑走前叫住她。那會不會是最後一次問她為什麼傷心的機會呢？

快到家時，延在先開了口：「那匹馬。」

恩惠以為自己聽錯了，仰頭看了一眼延在。一股冷風掠過後頸。

「我是說 Today，它會被送去安樂死吧？」

「聽說是。」

「什麼時候？」

「兩天後。」

「這樣啊……」延在自言自語。

恩惠覺得延在的反應很冷淡，但也能理解對馬毫不關心的她會有這種反應。

「妳想救牠嗎？」

這個問題恩惠就無法理解了，她一股火湧上心頭，憤憤地回答：「這還用說嗎？」

「姐，妳沒和花椰菜好好聊過吧？」延在若無其事的反問。

恩惠略帶憤怒的聲音突然變得尷尬，她默默點了點頭。

「走吧。說不定花椰菜和妳一樣，不，它可能比妳更想救那匹馬。」

延在打開大門，握著門把，側身讓恩惠先進屋。

「還有，我剛才沒聽到。」延在嘆了口氣，又改口：「也不是啦，聽是聽到了，但沒聽清楚。所以，妳不用在意。」

「……我沒有在意。就算聽到了也沒關係。」

延在遲疑了一下。「如果有話想說，也可以跟我說。」

「……嗯？」

「我可以聽，雖然給不出什麼答案。」說完，轉身關上門的延在似乎想起了什麼，又打開大門。

一個不是人類的東西正像人類一樣，用雙腿走下樓，每踏出一步，連接膝蓋關節就會動起來。雖然看起來有些不自然，但動作相當靈活。附在腳底的緩衝墊輕輕接觸地面後，又再抬起，如此反覆著動作。來到一樓的花椰菜轉頭看向恩惠。花椰菜的頭盔滿是刮痕，胸口的字也模糊不清了。它慢慢朝恩惠和延在走來。靠近後，恩惠看到花椰菜的左胸口上貼著一張小指甲大小的彩虹貼紙。

恩惠很被動地朝無論何時都覺得很難適應的花椰菜招了招手。花椰菜認真觀察恩惠後，模仿她的樣子抬起右手臂晃了晃，停在她面前。恩惠抬頭看向花椰菜，花椰菜立刻彎曲膝蓋，把視線降低到與恩惠保持水平的高度。恩惠還是第一次這麼近距離看花椰菜，畢竟她本來就對機器人不感興趣，而且延在房間在二樓，那是恩惠必須下很大決心才能去的地方。

恩惠慢慢打量花椰菜，伸手摸了摸它的肩膀。觸感又涼又硬，完全沒有抱住 Today 時感受到的溫度。眼前的花椰菜是一個沒有生命，卻像生命體一樣能行動的奇怪存在，它是地球上唯一出處最明確的個體。鋁又薄又輕，恩惠撫摸花椰菜的手指碰到了彩虹貼紙。它的心是空的，怎麼會想救 Today 呢？機器人怎麼會有感情？但假如它真的有救 Today 的方法，恩惠也願意一試。恩惠的內心萌生了既不冰也不熱的懷疑與希望。

花椰菜看著恩惠，用不摻雜任何感情的語氣說：「我想救 Today，因為牠是我的搭檔。」

花椰菜從延在那裡得知 Today 很快就會被安樂死，不能參賽的賽馬只能等死的原因，以及人類會迅速淘汰沒有效率的東西。還有因為這樣，才發明出可以提高效率的自己等資訊。

「我也想救牠。」恩惠回答。

「我有一個可以救 Today 的方法，妳想聽嗎？」

恩惠點點頭。花椰菜把延在去接恩惠時，自己坐在房間整理出來的問題與答案說了出來。

Today 只能死掉。

為什麼？

因為不能跑了。

為什麼？

因為膝蓋壞掉，而且很痛。

為什麼？

因為跑得太快了。

為什麼？

因為人類要牠快跑。

為什麼？

因為跑得快的馬可以給人類帶來快樂。

為什麼？

……

不能治好Today嗎？

以人類目前的醫療技術，無法治好Today的膝蓋。

還有其他方法嗎？

回到從前，回到生病前。

聽完花椰菜的話，恩惠略帶無奈的問：「要怎麼回到從前？」

沒有比回到從前更完美的方法了。如果可以重返過去，世上就不會存在任何痛苦與悲傷，也不會有人要珍惜現在了。花椰菜豎起食指說道。恩惠很納悶，為什麼它一定要豎起食指說這番話。

「要讓Today感到幸福。」

恩惠和延在楞楞地眨著眼睛，根本聽不懂花椰菜在講什麼。花椰菜提高音量，它對自己想出的方法很有自信。當然，這不是花椰菜自己領悟或從書中找到的方法。這是比任何書籍都更有確信、更有智慧的人類，從生活中得出的真理。

「只有幸福可以戰勝過去。」

延在和恩惠出現在診所，還有藏在手推車裡、用被子蓋住的花椰菜。

「哪來的手推車啊？」

福喜掀開被子，與一對發著光的孔洞四目相接時，嚇得發出怪叫，往後退了好幾步。看到恩惠發出：「噓——噓！」福喜立刻捂住了嘴。

這裡是一間醫治動物而非人類的診所，所以福喜的第一反應是她們一定是打算謀劃什麼犯罪行動。福喜很快就知道了藏在手推車裡的機器人是和Today一起參加比賽的騎師，也知道了它的新名字「花椰菜」。

福喜用自己的外套和帽子遮住花椰菜，把三個人推進診間，叮囑她們直到自己來開門前，絕對不可以出來。福喜對員工說，剩下的事都交給她，現在可以下班了。

凡事都可以接受的福喜唯獨不能接受上下班不準時，所以員工露出不可思議的表情反問：「真的嗎？」反覆確認三次後，才笑著去換衣服。

福喜抱胸站在診間門口，與員工的視線相交時，還露出極度不自然的微笑，溫柔地催促員工加快速度。福喜揮著手，目送員工走出大門。

福喜鎖上大門，關掉候診區的燈，在走進診間前做了個深呼吸。福喜以為Today的騎師機器人早就報廢了。珉周不是也說它早就被賣掉、報廢了，怎麼會出現在這裡？難道是賣給這兩個孩子？要是那個機器人是她們偷來的，我該怎麼應對？福喜用力眨了眨眼後才推開門，只見兩個孩子和不知何時從手推車下來的花椰菜坐在診間的椅子上。

「……要喝點什麼嗎？」

延在和恩惠都還沒回答，福喜已快步走向冰箱、取來飲料。

今天早上，福喜去宣告了自己努力醫治的Today的「死期」。這是她的工作。福喜又想起幾天前與偶遇的瑞鎮的對話，雖然自己比任何人都希望動物過屬於自己的生活，但在這個人類主宰的星球上，牠們根本無法生存。在即將死去的時間點，在狹小的馬房，對於聽到自己死後將會按照不同部位賣掉的Today而言，這個星球無疑是地獄。

在馬房決定Today安樂死的日期已經讓福喜很痛苦了，更痛苦的是，不能對那個一笑就會露出滿口黃牙的老闆動粗。福喜很想追問他，這有什麼好笑的？難道對為了幫你賺錢，連軟骨都磨光的動物，你一點都不內疚嗎？即使不問，也能知道老闆的想法，他毫不掩飾對新買的三匹馬的期待。

趕快結束對話才是平息憤怒的方法。福喜幫Today打了可能根本沒效果的營養劑後，走出馬房。經過賽馬場北門時，看到和多映在一起的恩惠，但她故意沒打招呼就離開了。福喜沒有勇氣見恩惠，她覺得自己是個沒能力又膽小的大人，眼睜睜看著Today的軟骨一點點磨損，最後還要被安樂死。她很羞愧。

每年約有一萬多隻動物會被強制結束生命。人類僅以自己的生存空間不足為由，強迫這些動物消失，卻沒有人意識到這種不正常的生態環境有多大的問題。人們異口同聲說要維護動物的生存權，但依然有很多人會去寵物店買小狗，用腳去踢翻垃圾桶的流浪貓。認為老狗難教，只有尚未斷奶的小狗才具備成為家人的條件；很多人在對貓沒有基本常識的情況下開始養貓，然後以掉毛嚴重或有了孩子為由，隨意丟棄牠們；人類眼睜睜看著被關在同一個倉鼠籠裡的倉鼠互相殘殺；輕易地把因水溫和鹽分問題導致集體死亡的熱帶魚丟進馬桶沖走；聲稱為了鳥兒而把鳥籠掛在能看到藍天的陽臺……就這樣，當下流行的動物突然暴增，隨即又消失。除了少數能成為人類家畜的動物，其他動物都會在幾世紀內毫無聲息地滅絕。

福喜從冰箱取出兩瓶柯基犬的主人送來的柳丁汁。那隻柯基犬很喜歡散步，但一週前出門散步時，踩到地上的碎玻璃，腳掌流血不止。福喜幫小傢伙縫好傷口，用繃帶包紮好後，下達了近期禁止散步的命令。

「這種人真是太過分了，怎麼能把玻璃瓶隨便丟在地上，難道不能立法制止這種行為嗎？」傷心的主人對福喜抱怨。

「我倒是有個好辦法，讓所有人都赤腳走路。這樣一來，街道就會和室內一樣乾淨了。」

福喜一進入診間。坐在椅子上的花椰菜就跟福喜打招呼。

「你好！」

「呃，你好……」

福喜把飲料遞給姐妹倆，瞥了一眼花椰菜。雖然福喜覺得這個機器人與至今見過的騎師很不同，但她沒有能看出哪裡不同的觀察力。花椰菜跟隨福喜的動線轉動著頭部。

「妳就是治療Today的獸醫吧？」

「……你居然記得。」

「我不是記得，而是儲存。儲存只要不刪除，就不會消失。」

「那我應該要謝謝你沒有刪除我囉？」

福喜自言自語地嘟囔著，看向恩惠。她很想知道姐妹倆為什麼這麼晚帶著花椰菜來找自己。

恩惠開門見山地說：「請幫幫Today吧。」

福喜本想說這是不可能的，但還是先忍了下來，停頓一下後才問：「怎麼幫？」

「讓牠參加中秋節後第二週的那場比賽。」

「這很難辦到，對Today來說也很難。」福喜冷靜地說。

她知道恩惠比誰都想救Today，但不可能的事就是不可能。

福喜打算說幾句安慰恩惠的話。說Today已經夠幸福了，雖然老套，但福喜覺得這是安慰傷心的孩子的唯一方法。是恩惠為關在狹小馬房裡的Today注入了整個世界，是她把世間的故事講給Today聽，是她讓Today感受到感情的溫度。

「這不是參不參賽的問題，Today根本無法像從前那樣奔跑了。恩惠，這是不可能的。Today已經充分明白妳的心意……」

「不是讓牠像從前那樣奔跑。」

恩惠以悲壯的表情打斷福喜。這句話聽起來暗藏玄機。

「只要能讓牠參賽，就可以再爭取兩週的時間，因為賽馬場不會送走要參賽的馬。妳就相信我們一次吧！妳不是也覺得兩天太短了。太短了，兩天真的太短了……」

只要爭取到參賽權，Today就能活到比賽結束。福喜頓時明白恩惠的目的是想把兩天延長至兩週，雖然不知道兩週具有什麼意義。

要讓Today參賽，就需要獸醫和賽馬場主管同意。姐妹倆和騎師此行前來就是為了先說服獸醫。她們拜託福喜的事一點也不難，讓Today在馬房多待兩週不會影響到賽馬場。問題是，要如何說服賽馬場的主管？

「好吧。」福喜沒有花很久時間考慮就答應了。但就算她同意，也不能解決這個問題。

「接下來呢？就算我再怎麼要求，主管恐怕也不會同意。」

「這妳大可放心，我們想到了一個方法。」

面對充滿自信的恩惠，福喜只好點點頭。連自己都無能為力的事，恩惠真的能做到嗎？

福喜再次叮囑兩個孩子和機器人：「但是恩惠啊，Today真的再也不能像從前那樣奔跑了。對Today而言，奔跑已經成了一件非常痛苦的事，牠現在只能極為緩慢地行走。」

「我知道，妳放心吧。我們絕對不會做讓Today痛苦的事。」

話已至此，福喜也不用多問，就知道花椰菜為什麼會在這裡。她看向花椰菜，聽聞它是在比賽途中墜馬的機器人，怎麼現在看起來完好無損？賽馬場不可能修理騎師，這兩個孩子哪有錢送去修理？到底是誰修理了這個騎師……

「是妹妹修理的。」恩惠說。

「妳妹妹？」福喜驚訝地反問。

看到延在低聲對恩惠嘟噥：「幹麼講出來……」

福喜對恩惠的話半信半疑，心想，一定還有別人幫忙。

就在這時，恩惠又補了句：「零件也是她自己弄來的，是她一個人修理了它。」

絲毫看不出這個機器人下半身有損壞的痕跡，更換的零件反而使下半身看起來比之前更結實了。福喜知道機器人是很難購買的，於是指著花椰菜問道：

「這東西是怎麼弄到手的？」

福喜的話音剛落，花椰菜立刻反駁：「我不是東西，我是花椰菜。」

「啊，對不起。」福喜立刻道歉，但馬上又納悶，自己為什麼要跟機器人道歉呢？

默默坐在一旁的延在終於開口：「是我買的，花了我全部的財產。」

「為什麼？」

「因為……覺得它很奇怪。」

福喜本想問怎麼能私下買賣機器人，但現在這個問題並不重要，於是作罷。恩惠說會再來找福喜簽字。走出診間時，花椰菜移動著步伐跟在姐妹身後，走到門口時突然停了下來，在它轉過頭的瞬間，福喜下意識地緊張了一下，吞了吞口水。這是人類出於本能的反應。在長久的歷史中，人類都很懼怕由金屬構成的個體。

花椰菜對福喜說：「我和 Today 合作很久了，我們連呼吸都很合拍。但我不能呼吸，這只是一種慣用的表達方式。妳懂吧？」

「當然，我明白。」

「我知道Today什麼時候覺得幸福。我想對妳說，謝謝妳協助我們讓Today幸福。」

這個金屬個體為什麼要感謝自己？福喜很困惑，又感受到某種奧妙。她就像喝了一瓶燒酒般，不受控制地點了點頭。延在說得沒錯，這個機器人很奇怪。

花椰菜又鑽進手推車，彎下腰。延在就像怕嬰兒車上的嬰兒著涼一樣，把被子蓋在花椰菜身上，再把邊角按得密不透風。福喜不斷叮囑她們路上小心，之所以這樣放心不下，一來是擔心她們走夜路回家，也擔心有人發現那個機器人。

兩個孩子道別後，轉身離開。福喜站在門口目送推著手推車的延在和輪椅上的恩惠，直到她們的背影漸漸消失，不禁有種錯覺，她們很像奔赴沙場的戰士。

冷風鑽進白袍，福喜打了個寒顫。如果是平時，福喜早就下班回家，再泡個熱水澡驅趕一天的疲勞。現在早過了下班時間，卻沒有心情回家休息。福喜心想，再讀一些專業書和最新的論文好了，說不定能找到讓Today好轉的方法。既然決定幫Today多爭取兩週的時間，就算不能好轉，至少也可以找找盡量緩解痛症的方法。

「福喜？」正要關門的福喜轉身看向路邊，叫住自己的聲音很耳熟。

「啊，你好！」

身穿白色帽T、黑色運動褲、揹著黑色斜背包的珉周剛好下班經過。也許是因為在賽馬場外遇到福喜覺得很神奇，珉周的聲音有別於以往，夾雜著幾分喜悅。

「妳現在才下班啊？」

福喜點點頭。「你也是？」

「嗯，正要回家。」

福喜本想說聲再見就走人，但在握住門把時，她想起剛才來找自己的兩個孩子。珉周知道那兩個孩子買了一臺騎師機器人嗎？該不會是他把機器人賣給她們的吧？

福喜轉身叫住珉周。「如果你有時間，我想問你一點事。」

珉周露出一頭霧水的表情，但還是點了點頭。

在福喜換衣服、準備下班期間，珉周老老實實地坐在沙發上。診所很乾淨，角落擺著出售的飼料、寵物零食、衣服和各種用品，另一邊是住院室，透明的籠子裡趴著打著點滴或包裹著繃帶的動物。換好衣服走出來的福喜逐一檢查這些動物的狀態，摸了摸牠們，小聲叮嚀道：「好好睡一覺，我們明天見。」珉周注視著福喜的一舉一動，就在福喜轉過頭的瞬間，珉周慌張地收回了視線。

福喜走到珉周面前問道：「喝咖啡，還是啤酒？」

「……都下班了，比起咖啡因，酒精應該更好吧。」

「好啊，前面就有一間啤酒屋。」

福喜帶珉周去了附近經常光顧的啤酒屋。

福喜成為獸醫的原因之一是成績，另一個則是覺得與其拯救人類，還不如醫治動物。但這種想法並不是出自她喜歡動物。福喜從未養過寵物，高中時為了湊足做義工的時間，只和四個同學在流浪動物中心做過三十小時的義工。現在回想起來，自己在上下學的路上偶爾也會幫流浪貓準備飼料和水，用手機拍下尋找寵物狗的傳單分享到群組。

福喜不養寵物不是不喜歡，而是害怕。她沒有勇氣對其他生命的一生負責，也很害怕送走寵物後的日子。成為獸醫後，福喜看到帶寵物來就醫的主人，自然而然地明白了一點——自己是個徹頭徹尾的膽小鬼。對生命負責的態度是那麼了不起、令人尊敬，但自己似乎做不到。

福喜摸著啤酒杯，苦惱著該如何開口，最後還是單刀直入地問：「是你把那個機器人賣給延在的吧？」

無論怎麼想，能把騎師賣給延在的人就只有珉周。珉周也不假思索地點點頭，就像承認賽馬場只有自己會做這種事一樣。

「這是違法的吧？」

福喜沒有要舉報他的意思。看到珉周承認得如此爽快，福喜只是想確認一下自己知道的常識是否正確。

「是沒錯，但也可以看成單純的二手交易。」

「不危險嗎？」

聽到福喜的問題，珉周噗哧笑了出來。福喜皺起眉頭，雖然珉周連忙解釋自己不是在嘲笑她，但為時已晚。

「騎師是為了賽馬而開發的機器人，不會危險。要想改變性能，得更換整個晶片組。那才是真的要進監獄……」

「總之，不危險就好。」福喜沒好氣地回答，接著話鋒一轉。「那你也知道那兩個孩子打算……」

福喜不確定珉周是否清楚話題的脈絡，便沒有把話說完。其實姐妹倆在來找福喜前已經先見過珉周。珉周淡定地點了點頭，顯然他早就知道在自己之後，延在和恩惠的下一個目標是福喜。

珉周不是沒有勸阻延在和恩惠。當聽到姐妹倆說要直接找主管談時，珉周驚訝地反覆確認了好幾次。站在珉周的立場來看，這是個荒唐的計畫，但看到兩個孩子信心十足，冷靜地說明計畫後，珉周才意識到這件事並沒有想像得那麼簡單。稍有不慎，自己也會工作不保。珉周毫無頭緒，不知道該支持還是阻止她們，但就算阻止恐怕也沒用。兩人只是通知他即將要發生的事，讓他有心理準備。她們早就計畫好了，珉周要想保住飯碗，也只能支持她們談成交易。

「聽說她們有一個親戚是記者？」珉周問道。

福喜想到瑞鎮，點了點頭。

「聽說那個記者抓到了賽馬場的把柄，她們要用那個當談判的籌碼。」

「談判？」

「用不爆料換取Today的參賽權。詳細情形我也不清楚。她們說這事關我的工作，才提早跟我說一聲。」

既然珉周也不知道詳情，那麼這場對話就只能告一段落了，繼續追問不知情的珉周也無濟於事。現在重要的是該如何應對。看來，福喜也只能竭盡全力幫助Today了。

杯裡還剩半杯酒，但話題已經結束。福喜覺得可以散場回家了，又覺得攔下下班回家的人，只問完這件事就分手有點說不過去。福喜看了看珉周的臉色，他也一臉疲憊，但要怎麼開口呢？

珉周很快地喝完一杯酒後，看了看菜單，對福喜說：「好久沒喝酒了……妳要是覺得累就先回去。我還想再喝一杯。」

福喜猶豫了一下。今天的確很累，也很想回家休息，但福喜不是那種會破壞氣氛的性格。福喜打算喝完剩下的半杯再走，於是說自己也想再多坐一下。

珉周又點了杯生啤酒。寂靜在兩個人之間流淌。因為是平日晚上，店裡除了珉周和福喜，就只有兩張桌子坐了客人。兩個人默不作聲地看著電視，電視的聲音比客人的聊天聲還大。

無法忍受尷尬氣氛的福喜先開了口：「我們系上流傳著一個笑話，說是要想成為獸醫，就該去機械系。」

這不是有趣的話題，但還是吸引珉周做出了適當的反應。「機械系？」

「嗯。姜峯楠的小說中，有一個短篇是講軟體取代寵物的。標題好像是〈軟體的生命週期〉[5]？總之，小說中的人工智慧體具備了模仿生物演化的演算法，帶來了不會生病也不會死的寵物。這也算是一種發展。雖然偶爾會故障。」

福喜本想再多講一些故事情節，但不知道是酒勁上來，還是太久前讀過的關係，已經記不清了。

「那本小說出版很久了，但我覺得書中講的事很快就會變成現實。讀那本小說時，工業機器人剛開始普及，還看到新聞說人工智慧可以預防網路犯罪，以及用一個細胞就可以製造出一模一樣的器官。」

「如果這些都是真的，那未來的事就更不好說了。」靜靜聽著的珉周開口。珉周不是在隨聲附和，淡灰色的陰影打在他的臉上。

福喜喝了幾口啤酒後，才說：「我怕有一天，即使想救也救不了牠們了。」

珉周不理解福喜這句話的意思，所以安靜地等待她繼續講下去。

「雖然不會很快發生，但近未來一定無可避免。我是說動物放棄生存在這個星球上這件事。牠們判斷無法再繼續生存下去後，基因就會自動選擇死亡的。一直被關在不見天日的地方，過著被剝削的一生，總有一天，牠們的基因會選擇死亡。」

福喜自嘲地笑了笑。科技的發展和滅亡的速度一樣快。如果人們能像關心日新月異的新科技和人類的未來一樣，稍稍關心一下即將滅絕、遭受虐待的動物，該有多好。

福喜不想再聊這麼傷感的話題，於是開口說：「但我還是相信，因為我們會想像不幸的未來，所以能避免不幸。我們預想的未來會好過想像的。比如，能與動物交流的人工智慧體可以代替我們照顧動物，檢查牠們的營養狀態，告訴我們牠們所需的營養素。避免動物消失，以及迎來飼養人工智慧寵物的時代。」

「這想法很不錯，但我們在各方面都要小心，妳也不能讓人工智慧取代獸醫這個職業。」

兩個人各自講了一個希望機器人可以具備的新功能後，碰了碰杯，喝光杯中的酒。話題接近尾聲時，福喜吐出最後一句苦水：

---

5 〈The Lifecycle of Software Objects〉，二〇一〇。

「我還是有些害怕，怕自己成為殺死動物的獸醫。」

福喜的這種恐懼是不會消失的，直到她放棄這份工作前，這種恐懼都會跟隨著她。說不定就算福喜不做獸醫了，還是會因為這件事痛苦很久。福喜覺得，僅以無人照顧為由強迫結束動物生命，總有一天會遭天譴。

「就像妳剛才說的，想像不幸的未來可以避免不幸，妳一定會成為拯救動物的獸醫。」

珉周送上的安慰讓福喜稍稍期待了一下會比現在更好的未來。

福喜把匆忙掏出錢包要結帳的珉周推出店門，動作迅速地付了酒錢。兩人面對面站在店門前，福喜擺了擺手。

「你也幫我想想拯救Today的方法。我希望可以幫助Today，但那兩個孩子的計畫超出我的能力範圍……總之，你也幫忙想想吧。」

福喜對孩子們的計畫毫無頭緒，幾天後才從恩惠那裡得知，她們已經拿到主管簽名同意Today參賽的同意書了。福喜問恩惠是怎麼拿到簽名的，恩惠只是笑說：「演了一齣大戲。」

從那之後，福喜每隔兩天就會到馬房，為生命從兩天延長至十四天的Today打營養劑。週四參加學術研討會時，她再次提出應該把奈米機器人做內視鏡的技術用在動物身上。福喜越講越氣，最後大喊：「這麼好的技術，不能也分享給動物嗎？」福喜在研討會上受到指責，但也得到學者們答應會做進一步研究的回答。

那天晚上，福喜跟瑞鎮見了面。瑞鎮才把賽馬場主管在同意書上簽字的過程一五一十告訴福喜。

福喜聽後，脫口驚呼：「你沒事吧？」

瑞鎮哭笑不得地點點頭。「沒辦法，只能以後再挖獨家了……我要是不答應，她們會把我當成虐待動物的旁觀者。」

福喜盯著瑞鎮，不知道該感謝他還是笑他太笨，最後露出了無言的笑容。瑞鎮還告訴福喜，姐妹倆已經開始訓練 Today 了。每天晚上和週末的訓練會一直持續到中秋連假。

福喜把對恩惠說的話又重複了一遍：「我是出於擔心，如果 Today 再像之前那樣跑一次，可能以後連站起來都很困難。我知道她們很疼愛 Today，也不想擔心這件事，但真不知道她們要怎麼訓練牠。」

瑞鎮說了句更荒唐的話：「她們正在進行很特別的訓練。」

「嗯？」

「訓練 Today 跑出最慢的速度。」

「妳說要什麼？」瑞鎮沒聽懂恩惠的意思，反問了一句。

「我要至今為止你調查的賽馬場比賽造假的證據。」為了不讓瑞鎮再次反問，恩惠一字一句清清楚楚地說道。

手肘架在客廳餐桌上的瑞鎮倒吸一口氣，往後一仰，靠在椅背上。

「妳怎麼知道我在調查比賽造假的事……」

「怎麼知道？上次你自己親口告訴福喜的啊。」

啊，不是不方便……就是在調查比賽造假的事。

回答福喜時，恩惠就在旁邊。她竟然還記得。都怪自己多嘴。瑞鎮閉上雙眼。

那天突然接到恩惠的電話，瑞鎮以為是因為幾天前的偶遇，才邀請他到家裡作客。叔叔的葬禮後，瑞鎮就和這家人再無往來。因為是初次拜訪，瑞鎮兩手提著滿滿的水果和肉。正在擦戶外桌子的寶敬事先毫不知情，一開始還沒認出瑞鎮，幾分鐘後才驚訝的把抹布掉在了地上。

恩惠和延在不斷阻撓瑞鎮向寶敬傳達這些年的消息，聲稱瑞鎮是自己請來的客人，想敘舊就等她們先聊完正事。延在拉著瑞鎮回到家裡。瑞鎮坐在餐桌前，雖說是客人，但面前連杯水也沒有，而且才剛坐下就被兩個表妹威脅，要他交出比賽造假的證據。恩惠和延在不認為這是威脅，但對瑞鎮而言，這就是威脅。

瑞鎮平靜地吐了口氣。「雖然不知道是什麼事，但不行。」

「知道是什麼事不就行了嘛。」延在自信滿滿地說。

瑞鎮雙手交叉抱在胸前說：「好啊，我倒要聽聽是什麼事。」

瑞鎮很確信自己不會交出證據，那可是過去三個月來守在賽馬場，好不容易從那些隨地吐痰的「賭徒」手上蒐集的。賽馬場把獲勝率高的賽馬號碼透露給這些下了高額賭注的人後，再私下向他們收取錢財。瑞鎮計畫用這些資料製作下個月的特輯，所以就算是外星人來搶，他也會死守到底。

延在叫了一聲「花椰菜」。瑞鎮堅定地雙手抱胸，擺出一副無論誰登場都不會動搖的架勢。背後傳來有人從二樓走下來的腳步聲，但瑞鎮為了展示自己堅定的信念，連頭也沒回。嗒啪、噗咚、嗒啪……不像是人的腳步聲越來越近，最後停在瑞鎮身邊。瑞鎮轉過頭，看到兩個閃亮亮的洞。

「你好！我叫花椰菜，是與Today的搭檔騎師。你就是那個能救出Today的人嗎？」

花椰菜為了表示歡迎和感謝，伸出了手。瑞鎮失魂落魄地盯著站在自己面前的騎師。

花椰菜又補充道：「聽說你是握有能救出Today最後一把鑰匙的人。」

「……」

「真的很感謝你，你是英雄。」

「不是英雄，是恩人。」延在糾正花椰菜的用詞。

花椰菜伸著手，看向延在說：「昨天我在電影裡看到，你們把拯救生命的人叫作英雄。」

「是沒錯，但叫他英雄有點……」延在沒有把話說完。

陷入混亂的瑞鎮側耳傾聽她們的對話，是恩惠把他從混亂中解救出來。

「我們會用你調查到的證據去威脅賽馬場主管，交換一匹名叫Today的賽馬的參賽權。只要他同意讓Today參賽，我們就答應他把那些證據都銷毀。但你的調查不會徒勞無功的，既然被抓住了把柄，他們以後也不敢再做那種事了。」

「等一下。」瑞鎮急忙追問：「拿到參賽權，能得到什麼？」

「Today的餘生，可以從兩天延長到十四天。」

瑞鎮的腦中嗡嗡作響。她們的目的竟然如此單純，只是為了延長Today的生命，而且只有短短兩週。多延長這幾天，Today就會幸福了嗎？最後還不是難逃一死……

瑞鎮為了調查比賽造假的事，承受了多少恥辱，為了取悅、勸說那些不肯受訪的人付出了多少心力！光是想到這些艱辛，眼淚都要流出來了。瑞鎮很想堅決地說不行，但孩子們的眼神堵住了他的嘴。就算拒絕，也得找個更能說服她們的理由。瑞鎮瞥了一眼像是在看守自己的花椰菜，小心翼翼地站起來。延在瞪圓了眼睛，像是在提防瑞鎮逃走。

「我能去後院抽根菸嗎？」

才下定決心戒菸的第三天，就再次宣告失敗。

賽馬場比賽造假不是單純的合夥欺詐行為，因為參加比賽的是有生命的動物，所以為了達到目的，這些人會虐待動物。比賽當天，為了讓賽馬無法正常發揮實力，這些人會收買人類騎師，故意讓賽馬挨餓。更換成騎師機器人後，這些人也沒有收手，反而用了更惡毒的方法，暗中加重機器人的重量。瑞鎮決定調查比賽造假的初衷來自後者，他再也看不下去人類為了謀求私利而虐待那些馬。瑞鎮用手捂住臉，懊惱著應該早點看出表妹邀請自己，其實另有目的。

一根菸快抽完的時候，延在來到後院。瑞鎮察覺到腳步聲，轉過身時，看到延在朝自己走來。他趕快熄掉菸蒂，但沒有找到適合丟的地方，只好放進口袋。瑞鎮說正準備進去，但延在還是直接說出了自己準備好的臺詞：

「恩惠姐每天都會去賽馬場，去看那匹叫 Today 的馬。」

「喔……這樣啊。」

「她很喜歡看 Today 奔跑的樣子。到底為什麼，我也不懂，可能對她而言是一種安慰吧，又或者是一種代理幸福？」

瑞鎮的嘆息聲更大了。

「這太過分了。只因為不能參賽，就要殺死牠。」

「延在啊……」

延在堅定地打斷瑞鎮的話頭，自顧自地說：「你都是大人了，連這點請求都不能答應嗎？難道不能幫我們救救那匹馬，一定要這麼斤斤計較嗎？」

……是啊，攸關性命的問題怎麼能斤斤計較呢。瑞鎮發出呻吟，頹坐在地。

「只是從兩天延長到十四天，能改變什麼？難不成會有改變命運的機會嗎？」瑞鎮可憐兮兮地問。這是他為了守住那些資料的最後掙扎。

延在的聲音非常堅定。

「當然了。活著才能遇到機會，活著才能改變。」

瑞鎮走回餐桌，握住花椰菜的手。這次一定會被部長罵得狗血淋頭，但瑞鎮知道部長也會理解這個決定的，因為部長說過，記者也是救死扶傷的職業。

花椰菜緊握瑞鎮的手說：「因為你的決定，Today會幸福的。Today幸福的話，我也會幸福。」

無論怎麼看，這個騎師都很奇怪。

瑞鎮同意交出證據後，接下來輪到珉周了。平心而論，其實沒必要去找珉周。就算珉周反對，恩惠和延在也不會放棄。她們提早告知珉周即將發生的事，純粹是出於這些年的情誼。

珉周聽了恩惠和延在的計畫，徹底傻住。

「你要知道，刑法上也有幫助他人犯罪的罪行。雖然在社會體系面前，沒有人能不低頭，但你也知道，這不代表你是無辜的。」

珉周放下手中的馬糞桶。「所以我會被解雇嗎？」

恩惠無言地搖搖頭。剛才講的話全是耳邊風嗎？怎麼聽不懂呢？

「你又不是吹哨人，解雇你做什麼！」

「……嗯，也是。」珉周糊裡糊塗地點點頭。

恩惠叮囑珉周，既然已經蒐集到比賽造假的證據，主管日後也不會輕舉妄動了，但要是他還不知悔改，珉周就必須出面制止。延在還說，有些事無人知曉時，弱者才會屈從強者，但現在大家都知道了，就不該再屈從了。

恩惠和延在就像闖關一樣，逐一攻破了瑞鎮、珉周和福喜。姐妹倆心裡都覺得對方跟自己很合拍，但誰也沒有把這個想法說出口。

「我們是很合拍的搭檔耶。」只有花椰菜能欣然說出這種話。

決戰當天，瑞鎮和智秀也趕來助陣。瑞鎮是在恩惠拜託下參戰的，智秀則是偶然得知此事後，自告奮勇地跑來。恩惠和瑞鎮領頭走在前面，瑞鎮懷裡捧著厚厚的資料。考慮到四個人一起闖入狹小的辦公室只會讓局面更混亂，所以延在和智秀決定在大樓前面等待。

恩惠率先穿過走廊，敲了辦公室的門，緊張的瑞鎮做了個深呼吸。屋內傳出「請進」的聲音。

等於是躺在椅子上的主管正玩著手機，看到恩惠才直起腰來。

「妳是？有什麼事嗎……？」看到進來的是學生，主管愣了一下。

恩惠來到他的辦公桌前，從書包裡取出事先準備好的同意書，放在桌上。主管瞥了一眼，因為看不清字，又皺起眉頭掃了一眼。

「獸醫說Today還能再參加一次比賽，已經在同意書上簽字了。你只要在這張同意書上簽字，Today就可以參加比賽了。」

知道造訪者的目的後，主管舒展開眉頭，他覺得沒必要再聽下去，揮手示意他們出去。但恩惠沒有動搖。主管又拿起手機，看到恩惠還愣在那裡，沒好氣地說：

「少廢話，出去。」

恩惠沒有屈服，反而把同意書推到他面前。

「牠還能跑，為什麼不讓牠參賽？」

準備發脾氣的主管突然意識到面前的人還是學生，於是強抑怒火，裝出明事理的大人樣，露出虛偽的笑容。虎牙還是過了時的金牙。

「小妹妹，賽馬是大人的遊戲，要是把能跑的馬都放出來，那是遊樂園，不是賽馬場。除了牠，還有很多可以參賽的好馬。而且牠生病了，怎麼能讓一匹病馬參賽呢？」主管把同意書丟了回來，看著恩惠苦笑了一聲。

恩惠覺得再爭論幾個小時也不會改變結果。比起「勉強」奔跑的Today，讓那些輕鬆奔跑的快馬參賽當然更合理。所以他們才有備而來，他們有無視這種合理性，也要讓Today參賽的理由。

主管把視線從恩惠移到站在後面的瑞鎮身上。雖然不知道他是誰，但主管正用沉默示意他趕快把孩子帶走。瑞鎮看準時機，從懷裡掏出一張名片放在桌上。主管低頭瞥了一眼。M電視臺時事企劃部記者。主管開始感到事有蹊蹺，拿起名片又看了看瑞鎮。瑞鎮把帶來的資料丟在桌上，紙張的重量震得桌子晃了一下。剛才還靠在椅背上的主管立刻坐直了身體。

「這是我過去三個月蒐集的。」

「這是……」

「是你迄今私下收取金錢、比賽造假的證據。這些內容準備在下個月的特輯節目播出。」

主管輪流看了看瑞鎮和恩惠。比賽造假是事實，他沒打算浪費力氣辯解。但如果媒體報導這件事，他非但飯碗不保，還可能惹來動物保護團體在門口抗議示威。

「你們到底想做什麼？突然找上門，這是在威脅我嗎？」主管提高了嗓音。

越是這種時候，越要沉著冷靜，恩惠簡單扼要地說：「只要你同意讓Today參賽，我們就不會報導這件事。這交易不錯吧？只是讓一匹馬參賽而已。」

「那匹馬到底有什麼重要啊？」

主管無法理解。顯然他根本不在乎不能參賽的Today會被安樂死，所以恩惠覺得沒必要跟這種麻木不仁的人多廢話，讓自己更傷心。

「趕快決定吧！比賽造假要判幾年呢？不，在此之前得一直進出法院，你的體力沒問題吧？」

聽到這裡，主管不再爭論，立刻在同意書上簽了字，慌慌張張地把瑞鎮帶來的文件藏了起來。目的達成後，恩惠終於露出笑容，把同意書放進書包。

走出辦公室前，恩惠給了主管最後的忠告：「做壞事遲早會被人發現。我們今天找上門，算是你最後的幸運。以後不要再做壞事了！」

寶敬

中秋前一天下了整天的雨，天氣突然冷得可以穿厚毛衣了。寶敬覺得鼻子很乾，醒來時喉嚨也很緊，而且頭暈目眩。看來今年的換季期也沒有躲過感冒。平時只要鬧鐘響起，寶敬就會立刻起床，但今天感覺身體很重，絲毫不受控制。寶敬蜷縮在被子裡，雖然身體很想休息，腦子卻在計畫等一下要找出厚被子，拂去灰塵，提早準備。中秋連假期間，每晚都有團體訂位的客人。昨天寶敬還在擔心訂位的客人比平時少，但以現在的狀態來看，反倒成了好事。儘管如此，身體還是在抱怨不想開工。

寶敬猛地坐了起來。要是一直順從身體，可能會躺一整天。早知道就該在老顧客推銷特價掃地機器人時買一臺了。每次聽到別人說現在家家戶戶都有掃地機器人時，寶敬都會堅持還是親自打掃最乾淨。但事實上，她只是不想買而已。跟不上流行，最後還是苦了自己。

寶敬拖著沉重的腳步來到客廳，打開電視。像在宣告連假開始一樣，晨間節目主持人都換上了韓服。畫面中可以看到以平均速度行駛在高速公路上的車輛，主持人說今年的返鄉人數相較去年降低了兩成。寶敬倒了杯熱水，坐在沙發上。新聞快報打出了因空氣乾燥，連假期間提醒民眾小心山火和火災的字幕。寶敬連打了好幾個哈欠，用衣袖擦去眼角的淚。

門鈴響了。才剛九點，誰會這麼早來家裡呢？而且還是連假第一天。寶敬正要起身，延在便飛快地從二樓跑下來。本以為還在睡懶覺的延在不知何時早已起床，連澡都洗好了。寶敬還沒來得及問是誰，延在就開了門，只見提著一箱梨子和韓牛的智秀站在門口。

「這是什麼？」延在問道。

「還能是什麼，中秋禮物啊。阿姨您好，這是送您的中秋禮物。」

智秀笑著把禮物遞過去，還沒洗臉的寶敬一臉狀況外地接過禮物，好半天才想到要問智秀吃早飯了沒？智秀回答吃過了，延在說她們馬上要出門。

「吃點水果再走吧。這麼早要去哪啊？」

「我們出去吃。」

延在又跑回二樓。智秀沒有脫鞋，一直站在玄關，看來是真的馬上要出去。寶敬要智秀進來吃點水果，但智秀笑著婉拒了。

延在換好衣服後，和花椰菜一起來到一樓，做好外出準備的恩惠也從房間出來。寶敬無法理解眼前的狀況。出門前，兩個孩子說中午回來，但也可能晚一點。速度緩慢的花椰菜出門前，回頭跟寶敬打了聲招呼。

「早安。」

「妳們一大早要去哪……」

「賽馬場，要訓練Today。」

訓練？寶敬十分好奇。這時，又走近一步的花椰菜說了句出乎意料的話。

「妳今天看起來有些不同，皮膚乾燥，非常疲憊，最好待在家裡休息。聽說人類生病時，心比身體更累。」

那瞬間，有一種寶敬不想承認的感情湧上心頭，但她故意不去多想。

門外的延在叫了聲花椰菜。花椰菜說了再見後，緩慢地走出家門。花椰菜竟然看出了連兩個女兒都沒察覺的事。雖然這只是花椰菜根據統計做出的判斷，但寶敬已經很久沒聽到有人勸自己休息了。雖然確切來說，剛才勸自己的不是「人」。

寶敬站在玄關，回想了一下剛剛席捲而過的騷動，然後回到客廳。要是能像花椰菜說的，可以待在家休息就好了。但寶敬還有很多事要做，她確認了一下時間，快步走向浴室。必須趕快盥洗、煮飯、打掃，然後去餐廳。

花椰菜是個很好的聊天夥伴。寶敬不了解花椰菜的對話系統，但推測應該和聊天機器人或ＡＩ機器人的原理相似。從性能來看，花椰菜不如智慧型手機，可以根據最新流行趨勢提供寶敬所需的資訊，並且滿足她的要求。花椰菜無法升級，資訊有限。花椰菜可以學習，但無法掌握查驗資訊的客觀性和準確度，因此無法提供今日天氣、最新流行歌曲和交通狀況。

不過花椰菜會點頭，也會針對自己不知道的資訊提出疑問，與對方進行對話。即使花椰菜無法對他人產生共鳴，卻可以做出感同身受的疑應。就算是人類，也無法對他人產生真正的共鳴。寶敬和花椰菜進行幾次對話後，才意識到自己真正需要的是聆聽的耳朵和感同身受的點頭。沒想到花椰菜就這樣填補了那個約定廝守一生的人的空缺。

「我叫花椰菜，暱稱花椰，所以英文的『Brocoli』可以簡稱為『Coli』。『Coli』的發音和『Call me』很像吧？妳可以隨時找我聊天，Call me～」

「這都是誰教你的？」

「這種自我介紹怎麼樣？」

「不怎樣，但也還行啦。」

消防員就是英雄。若有需要，請隨時撥打您的一一九。

寶敬想起之前某人整天掛在嘴上的這句話。想必開發花椰菜系統的人也喜歡老派浪漫，相信什麼泥土裡的珍珠最漂亮，夢想著舊時代的愛情。

寶敬像服用維他命一樣吞下感冒藥後，走向餐廳。冷風竄進衣服裡，腳踩拖鞋的寶敬冷得雙手抱在胸前，不停咳嗽起來。她突然停下腳步，轉頭望向賽馬場。最近，延在和恩惠因為賽馬場的事走得很近，其實只要她們不做壞事，做什麼都無所謂。寶敬也知道她們姐妹不知從何時起產生了距離，而且原因在於自己，但事到如今希望她們培養出親密感情也很不切實際。寶敬咬著嘴唇想了一下，略過餐廳朝賽馬場的方向走去。

她想去看看孩子們在做什麼，就算是不稱職的母親也可以這麼做吧？

寶敬沒有告訴孩子自己拍過幾部短片，她覺得那都是過去的事了，也不想沉迷於往事。寶敬想成為一個有自信的人，她從不後悔與消防員相愛、結婚。透過婚姻，她找到了有別於做演員的另一種自信，人生也因此體驗了初為人母和養育新生命、守護家庭的責任。

但這個世界與寶敬想的不同。只因為結婚生子，寶敬便從忠武路備受矚目的新人淪落到乏人問津的演員。雖然之前合作過的幾位導演找過寶敬，但她都以育兒繁忙為由，婉拒了邀約。那些導演都是女性，寶敬知道她們不希望自己脫離女性之間的連結關係。但也正因為如此，寶敬更覺得不該接受邀約，還有很多比自己更有精力和熱情的新人演員在等待機會啊。寶敬暗下決心，要等到非自己不可的角色。

消防員和導演的立場相同。

「妳想做什麼就去做吧。」

每當聽到這種話，寶敬都會笑著責怪他：「那你也懷孕，在家帶孩子吧。你不是說想要老三嗎？聽說現在男人也可以懷孕了。」

但最後阻止消防員這樣做的人也是寶敬。就算這個世界變得再開放，還是難以承受人們的視線。現在回想起來，真該帶消防員去醫院，讓他懷上第三胎。如果消防員懷孕，在家帶孩子，就不會奔赴那場火災現場了。命運到底是從何時開始扭曲的呢？世間的偏見和冥頑不靈又把多少人推向絕望的盡頭？只要小小的改變就足以改變命運，他人的視線又算得了什麼？

寶敬放棄夢想的同時，也失去了消防員。隨著時間過去，寶敬漸漸意識到原本看似不相干的兩件事，其實是緊密相連的一件事。人生就好比海面的波浪，廣闊無垠、波光粼粼且永不停息，那能量源於波浪的流勢。寶敬只期望未來的日子可以順流前行。

她最迫切的希望是拉近與兩個女兒的距離，但彼此之間積累的負債讓寶敬難以靠近。十指連心，如果說恩惠是受了外傷的手指，那麼延在就是神經受損的手指。有時，寶敬覺得延在已經遍體鱗傷，自己卻無力上前幫她塗抹藥膏，只能眼睜睜看著她的傷口變成傷痕。

寶敬來到賽馬場的北門，雖然門開著，但她不確定是否能擅自進去。就在猶疑不定時，發現了地上的輪子印和花椰菜的腳印。寶敬看到監視器朝著正門的方向，心想萬一被發現，就說門開著，所以以為可以進來。

賽馬場比想像中更大，像遊樂園一樣，沒有路標根本找不到比賽場。寶敬覺得喉嚨更癢了，只要大口喘氣就會咳嗽，她很後悔沒有多穿一件衣服就出門。又走了好一陣子，她才找到比賽場，但沒有看到入口，只好走近能看到賽場內部的鐵窗前。

寶敬透過鐵窗看到了兩個孩子、一匹馬和花椰菜，還有一個沒見過的男人。寶敬站在那裡看了半天，沒有察覺到感冒又加重了。

好奇怪的訓練。

賽場裡傳來的聲音不是「快跑」，而是「慢一點」。

因為不得不趕回餐廳準備開門，寶敬沒搞清楚裡面到底在做什麼。她回到餐廳準備起食材，但由於全身無力，雙手根本拿不住東西。幸好連假期間請了一位阿姨來幫忙。那位阿姨平時在紫菜飯捲店上班，逢年過節紫菜飯捲店關門休息時，正好可以來寶敬店裡幫忙。還有兩個多小時阿姨才會來，在此之前有很多食材要準備，還要拌好當天所需的鮮辣白菜。想歸想，寶敬還是癱坐在椅子上，她趴在桌上決定休息五分鐘，這樣就會好一些的，只要五分鐘。寶敬闔上了雙眼。

寶敬覺得很神奇的是，這麼短的時間也可以作夢。寶敬站在與消防員一起生活的公寓前的路口，等待趕赴火場、遲遲未歸的消防員。寶敬想起那是什麼時候的事。等待期間，每五分鐘就會有一團擔心和不安堆疊在一旁。當那些擔心和不安變得和自己一樣高大時，消防員回來了。他比約定的時間晚了兩個小時。消防員手裡提著兩隻無骨炸雞，解釋說要清理現場，所以回來晚了。消防員想方設法讓寶敬的心情轉好。寶敬看到消防員臉上還沾著煙灰，伸手想幫他擦乾淨，但怎麼也擦不乾淨，於是在手上沾了點唾液，邊擦邊說：

「為什麼買兩隻？孩子們都睡了。」

一時慌張的消防員故作淡定地說：「炸雞當然是一人一隻啦，妳一隻，我一隻。」

寶敬和消防員面對面坐在餐桌前，一人一隻，吃起了炸雞，直到膩得再也吃不下了。如果能像那時一樣在夢中等到他，該有多好。

然而在夢中，寶敬站在公寓前的路口，目不轉睛地盯著昏暗的巷子，卻沒有看到消防員。幾盞路燈亮了，孤寂的巷子盡頭始終沒有出現人影。寶敬蹲在地上，凝視著那條路。

比起消防員離去的事實，未來要養育兩個孩子的現實更沉重地壓在寶敬肩上。發洩悲傷情緒也有黃金時間，寶敬卻錯過了。現實的重量壓得她什麼也排不出來。悲傷困在身體裡，化成了流不出、排不掉的水。積水過久，散發出了腥臭味。睡不著的凌晨，只要翻身，就會聽到積在體內的悲傷發出噹啷噹啷的聲響、聞到散發出的腥臭味。當悲傷散發腥臭味後，就算想排也排不出了。就這樣，留在身體裡的悲傷化為腥臭的積水，等待著有一天能晒乾。

在夢中，寶敬聞到了那股腥臭味。路邊都是小水坑，然後變成了水池。那是沒有一條魚、深不見底的漆黑水池。過了好久，巷子的盡頭才出現一個影子。是救難機器人，它像老虎一樣朝寶敬走來，嘴裡叼著燒焦的手套。

「不是你。」寶敬對救難機器人說。

「不是你，去叫他來。」

機器人停下來，看著寶敬。它的眼睛原本就長這樣嗎？真像花椰菜的那兩個洞啊。

「你還受得了嗎？」

機器人沒有反應。

「喂，我問你還受得了嗎？」寶敬喊道。

「我受不了了，我受夠了，我們到此為止吧。」

雖然不知道自己到底受不了什麼，但每當這時寶敬都覺得受夠了。無論再怎麼哭喊，那個人也不會回來了。寶敬不知道是因為自己沒有放下，還是他仍在九泉之下遊蕩。寶敬不想忘記他，但也不想一直活在過去。機器人放下手套，轉過身，重複著每走幾步一回頭的動作。

「再見，路上小心。」

機器人徹底走進黑暗中後，寶敬睜開眼睛。明明剛才趴在餐廳的桌上，現在眼前的卻是自己房間的天花板。寶敬嚇了一跳，猛地坐起身來。她來不及去想怎麼會在家裡，慌張地穿好衣服準備趕去餐廳。寶敬打開房門，只見花椰菜像保全一樣站在門口。

「妳睡了四個小時。」

如果真是這樣，就更麻煩了。訂位的客人馬上就要來了。

「妳要去哪裡？」花椰菜問道。

寶敬說要去餐廳，繞過花椰菜，走出房間。

「不用擔心。延在、恩惠和智秀正在餐廳幫忙。剛才到餐廳上班的女人打電話來，大家就趕過去了。那個女人負責掌廚，延在負責送餐，餐廳沒有任何問題。」

「但還是先去……」

菜沒有出力。

寶敬想親自去確認，但花椰菜抓住了她的肩膀——說把手放在她肩上更為貼切，因為花椰菜沒有出力。

「延在命令我不讓妳去餐廳。」

「……」

「她說希望妳在家休息，還說如果妳去，她會生氣。」

「……」

「我不希望延在生氣。」

寶敬放棄推開阻攔自己的花椰菜。如果餐廳有問題，會馬上聯絡自己的。阿姨很熟悉菜單，延在送餐也沒有問題，但寶敬還是坐立難安。就算待在家休息，心裡也不舒坦。

花椰菜看著猶豫不決的寶敬，問道：「有什麼問題嗎？」

……問題。有什麼問題嗎？雖然不安，但應該沒有問題。寶敬沒有回答花椰菜，逕自走回房間，坐在床上。花椰菜注視著表情陰沉的寶敬。

「我知道了。」

聽到花椰菜的聲音，寶敬轉過頭。

「坐在房間裡，會覺得時間過得很慢吧？這種感覺我也懂。」花椰菜環顧四周，指著房門旁說：「我可以坐在那裡嗎？如果妳不喜歡，我就出去。」

寶敬沒有立刻回答。她不是害怕或討厭機器人，而是不習慣和陌生。生活中，寶敬熟悉的科技僅限於智慧型手機和家電，從未見過單獨存在且能移動的個體。即使看到機器人即將普及的新聞時，寶敬也覺得與自己無關，認為自己並不屬於所謂科技發展的偉大文明。寶敬想起機器人攻擊人類的老電影，隨即搖了搖頭。之前也偶爾會和花椰菜坐在餐桌前聊天啊，難道是因為生病，變得太敏感？

「……可以，你去外面搬把椅子過來坐吧。」

一個人待在房間裡會覺得好像浸泡在水中。花椰菜搬來一把椅子，坐在門旁。它把手放在雙膝上，坐姿十分端正。

「你的眼睛太亮了。」

聽到寶敬的話，花椰菜降低了眼睛的亮度。那雙眼睛在昏暗的房間裡就像遙遠的星球，散發出朦朧的光亮。躺在床上的寶敬朝花椰菜的方向轉過身來，在回想與花椰菜的對話時，她產生了一個疑問：花椰菜怎麼知道一個人待在房間裡，時間會過得很慢呢？捺不住好奇的寶敬問了花椰菜這個問題。

凝視正面的花椰菜把頭稍稍轉向寶敬，說：「我之前一直待在沒有窗戶的水泥房間裡，只能這樣坐著。」

花椰菜把膝蓋抬到胸前，做出雙手抱膝的姿勢。

「那裡只能這樣坐著，一直等到開門。對面是其他騎師，但剛到那裡的第一天就故障，之後就被回收了。它走後，時間過得驚人得慢。我被送進那個房間前，在卡車上坐了幾個小時，卡車上有窗戶，我從窗戶看到升起的太陽和顏色變換的世界。那時覺得一個小時就像一分鐘，但坐在那個房間裡，會感覺一分鐘就像一個小時。」

「一定很無聊吧。」

「不，我不知道無聊，我只是覺得時間很慢。」花椰菜放下腿，端正地坐著。「延在說過時間相對論，每個人擁有不同的時間，不是感覺上的不同，而是實際存在著不同。她還說，我和Today一起奔跑時，感受到的時間重疊現象是真實的。所有生命似乎都有各自不同的時間。」

「……不同，都不一樣。」

「既然這樣，就算人類在一起，每個人也還是活在不同的時間裡。」

「……」

「大家只是活在同一個時代，但每個人都活在各自不同的時間裡，是這樣嗎？」

寶敬點了點頭。因為感冒，她的喉嚨沙啞，很難發出聲音。

花椰菜溫和的問：「那妳的時間是怎麼流淌的呢？」

在寶敬沉默的期間，花椰菜既沒有覺得無聊也沒有看向別處，更沒有追問，而是一直等在那裡，就像明白不可以侵犯寶敬的時間一樣。

寶敬第一次思考起了自己的時間。極為緩慢地，開始追溯起有記憶以來的時光。曾經自己就像坐在一輛時速一百公里的車，而且沒有任何安全裝置。也就是說，自己那時正在進行一場只要落後就會被淘汰的比賽。雖然不知道終點在哪、獎品是什麼，但因為來到了這個世界，就很自然地站上了賽場。那時的自己覺得這一切很合理，一天比一年過得還要快，不做些什麼就會不安，甚至只有在累到快暈倒在床上時，才覺得度過了充實的一天。

寶敬想了很久，終於想到了什麼，於是對花椰菜說：「我的時間靜止了。」

時間靜止在消防員奔赴火場，自己相信他一定會活著回來的等待時刻。

即使歲月不斷往前，寶敬以為自己早已遠離了那個地方。但她的時間一直停在那裡。寶敬每天早上起來就像個陀螺般忙碌地度過一天，只是為了擺脫那個時間、逃離那個地方。時間就這樣靜止了。像一艘帆船靜止在無風的海面上。

「為什麼？」花椰菜問。

「我忘記了讓時間流淌的方法。」

時間靜止，再也不走了。有時覺得這樣也沒什麼，但還是會毫無防備地被拉回那一天。

那些經歷過悲傷的人的時間是怎樣流淌的？還是他們的時間也靜止了？地球上是否存在時間靜止的世界呢？怎麼做才能讓靜止的時間再度流淌呢？

「那妳應該非常緩慢地開始動起來。」

花椰菜又朝寶敬的方向稍稍轉動了一下身體。

「為了在靜止狀態下快速奔跑，需要瞬間的爆發力，這與妳說的戰勝思念的方法是一樣的。妳說過，幸福可以戰勝思念。如果能以非常緩慢的速度累積每天的幸福，那麼總有一天，現在的時間就可以帶動靜止的時間，再度開始流淌。」

寶敬的視線變得模糊，但她沒有去擦眼淚，而是任由眼淚奪眶而出。帶有腥味的淚水滑過臉頰，滴在枕頭上。

「這些話是誰教你的？」

「沒有人教。就像我看著天空就會想到藍黃色一樣，就像延在說我很奇怪一樣。」

「不是所有機器人都和你一樣吧？」

「延在說，我是因為某種失誤被製造出來的，我身體裡的晶片和其他騎師機器人不同。」

「……」

「延在還說，失誤就是機會。」

延在什麼時候長成會講出這種話的孩子？正面思考的延在讓寶敬感到安心。

「妳的眼睛看起來很睏。」

「嗯，我睏了，我想睡一下。」

「那要我出去嗎？」

「隨便你，我無所謂。」

「對我而言，『隨便你』是最難服從的命令。」

寶敬笑著閉上眼睛。因為花椰菜可以不發出任何聲音，所以寶敬不知道它做了怎樣的決定。寶敬沉睡了很久，她沒有再作夢了。

醒來時，寶敬看到的不是花椰菜，而是延在。延在為了確認寶敬的狀態躡手躡腳地走進房間，看到寶敬睜開眼睛，像小偷被抓包似的嚇了一跳。延在向寶敬報告餐廳的情況，當天的營業順利結束了。寶敬看了一眼手機，已經凌晨兩點多了。

寶敬問延在：「吃飯了嗎？」

延在回答：「吃了阿姨煮的麵。」

「聽說智秀也去幫忙了？這樣麻煩人家真是不好……」寶敬突然停了下來，沒把話講完。

現在不是嘮叨的時候，她看著面無表情的延在，改口說道：「替我謝謝她。等她下次來，我會做更好吃的給妳們，一定要邀請人家來喔。」

延在露出稍稍開心的表情，點了點頭，但沒有立刻走出房間，好像有話要說似的在尋找時機。

寶敬率先開口：「花椰菜真的很奇怪。」

「嗯，它的確很奇怪。」

「修理得真好。」

「……」

「妳真的很有這方面的才能。雖然我早就知道了，但沒想到妳這麼厲害。」

就像花椰菜說的，想讓時間再次流淌，就要用幸福戰勝思念。是時候解開那天被綑綁住的關係了。寶敬抓住一直掛在身邊、遲遲沒有去處理的線團。

延在沒有反應，因為她不知道該說什麼才好。

「總之，延在啊，是媽媽對不起妳……」

「好了啦。」延在打斷寶敬。「突然講這些幹麼……」

延在似乎很不適應，尷尬地抓了抓手臂。

「我沒事的，妳不用擔心我。」

寶敬未能細心觀察延在的成長過程，所以只能接受孩子突然長大了的現實。當然，這種長大並不意味延在長成了大人。延在的長大是過早的接受了自己不能像其他孩子一樣隨心所欲。

而寶敬始終對此懷抱愧疚，她不希望延在走進那個只能強忍眼淚和悲傷的，大人的世界。

「我怎麼能不擔心……」

「……那就只擔心一點點。」

延在說完，就轉頭走出了房間。但寶敬看到延在好像笑了，雖然也可能是看錯。

寶敬獨自躺在房裡，想起白天在賽馬場看到的孩子們。慢一點，慢一點。不是快一點，而是慢一點。那應該是全世界最好笑的賽馬訓練了。

「禹延在，妳動作也太慢了吧。抹布給我，我來擦，妳把那些碗拿去給阿姨。」

智秀搶過延在手中的抹布，指了指堆在一旁的碗。雖然延在很希望智秀回家，又不得不承認要是沒有她，根本應付不來這麼多客人，只好一聲不吭地聽從她的指揮。

智秀做事俐落、服務周到，反應也很快，她一眼就能看出客人需要什麼，然後立刻送過去。延在很在意這樣的智秀，所以經常失誤。每次延在少送濕紙巾或水瓶時，智秀都會笑她，然後立刻補送過去。延在覺得週末來餐廳幫忙累積的工作經驗就這樣被智秀無情踐踏了，實在很委屈，但店裡客人多又不能說什麼，就更無法專心，接二連三的出錯。延在越出錯，智秀越趾高氣揚。不用想也知道，智秀日後一定會得意洋洋地拿這件事取笑延在。

智秀很單純，這是三個多星期來被迫相處在一起了解到的事實。智秀的心情都寫在臉上，很多時候還會發現她的表情和講的話有誤差。但延在並不討厭這樣的智秀，也不覺得她奇怪。延在有好幾次一直盯著智秀看，因為覺得很神奇，智秀竟能做出自己沒有的表情。

智秀是獨生女，雖然她嘴上說自己一個人很好，有兄弟姐妹就只會吵架、爭搶東西，卻對延在和恩惠充滿好奇。像是她們怎麼平分東西？平常會一起做什麼？會一起洗澡嗎？雖說有血緣關係，但仍是獨立個體，跟像朋友一樣的人住在一起是什麼感覺？

智秀說自己天生喜歡獨處，從不覺得孤獨，但延在覺得她一直都很孤獨，只是自己沒有察覺罷了。智秀既孤獨又倔強。這兩點結合在一起會發生什麼狀況呢？就算延在不讓智秀來家裡，智秀也會理直氣壯地跟在後面。因為自從智秀發現無論問延在什麼，延在都會給出否定答案後，便再也不問可不可以去她家了。起初兩人還會因此吵架，但不知從何時開始延在便放棄了。

延在之所以不能無情地趕走智秀，是因為智秀把清單上的所有零件都送來了。延在只能默默聽著智秀自吹自擂說本人有多貼心和值得信賴。原以為智秀除了讀書對其他事都不感興趣，但沒想到她其實充滿了好奇心。

「我想看妳修機器人。」

「有人在，我會分心。」

「那妳就當我不存在。」

智秀對家裡謊稱要和延在一起準備比賽，所以可以暫時不去補習班。她還強調是因為自己沒有舉報延在非法購買機器人，所以從某種角度來看，自己也算上了賊船，因此有權利觀看修理花椰菜的過程。延在說有人在會分心也只是想甩掉智秀，當發現智秀的固執遠超過自己的忍耐程度後，也便放棄了。

智秀堅持不能空手去別人家，每次都會提著各種禮物登門。有時是零食大禮包，有時是飲料或水果，有時還會自帶漢堡或披薩。與智秀相處幾個星期後，延在胖了三公斤，相處的時間變成了長在身上的肉。延在堅信自己是吃不胖體質的信念也因此被推翻。

為了不妨礙延在，智秀會坐在稍遠處觀看。在延在放下手中的工具前，智秀一句話都沒和她講。但這並不意味智秀一直保持沉默，因為花椰菜會一直跟她搭話。

「妳為什麼坐那麼遠呢？」

「你面前的那個人不讓我靠近。」

「為什麼？」

「我也不知道。我不能跟她講話，你幫我問問吧。」

延在仍默不作聲。即使花椰菜和智秀沒完沒了的交談，延在也沒有插一句嘴。就算坐在那裡再無聊，智秀也沒有走出房間，她時而趴在地上，時而在延在身後自言自語：「腰打直」、「快變成烏龜頸了」、「做一下伸展運動吧」。延在聽到這些話時，也會下意識地伸個懶腰放鬆一下。得益於此，肩膀也沒有之前那麼痛了。

智秀最晚不會待超過九點，因為她覺得在別人家待太晚很沒禮貌。

延在總會冷嘲熱諷：「要遵守這麼多禮儀，妳活得還真累。」

但智秀只是笑說：「妳才該跟我多學學。」

送走智秀後，延在也沒有停止工作，在這期間，花椰菜還是會跟延在聊很多無關緊要的話題。

「妳和智秀的關係就像我和Today嗎？」

「這是什麼意思？」

「妳們是很合拍的搭檔嗎？」

「……算是搭檔吧。」

「那在這個世界上，妳也最珍惜智秀囉？」

「我才沒有！」

「我覺得搭檔會互相珍惜對方。雖然 Today 不能用語言表達自己的想法，而我也沒有感情，但如果有一百匹馬掉進海裡，我會最先救 Today。我會救所有的馬，但會先救 Today。這就是珍惜的意思。」

「你是從哪知道這些的啊？」

「從我和寶敬一起看的電視節目裡。節目上有人問，如果掉進海裡會先救誰？還說這樣可以排列出自己珍惜的人的順序……但這種方法好奇怪喔。為什麼一定要在絕望的狀況下確認自己的想法呢？最喜歡的蛋糕會先分給誰，這種方法不是更好？」

「分享自己喜歡的東西很容易啊。但在緊急狀況下，除非是很特別的人，不然很難捨命相救吧。」

「為什麼？」

「我也不知道。」

「那有十個人掉進海裡，妳會最先救智秀嗎？」

「嗯，如果其他九個人都不認識的話。但問題是，我根本就不會和她去海邊。」

「我和 Today 也沒有去過。」

與花椰菜聊天，延在會思考從未想過的問題。那些問題讓延在那天直到入睡前，都在想掉進海裡的智秀。但就像回答花椰菜時一樣，如果不認識其他九個人，一定會最先救智秀。但如果九個人裡有寶敬，就先救寶敬。恩惠也掉進海裡的話，那肯定要先救無法游泳的恩惠。

這麼看來，智秀排在第三。

延在躺在床上，思考著還有什麼人會排在第三或第四。延在想到珉周，但珉周就算用狗爬式也會游上岸的。延在在多映和智秀間想了很久，最後想到多映學過游泳，所以智秀還是排在第三。就算延在不想承認，但現實就是如此。延在不會把這件事告訴智秀，反正也沒有非講不可的理由，而且說出來一定會被智秀笑一輩子。但延在也產生好奇，智秀會把自己排在第幾呢？

延在勸智秀如果累了就先回家，但直到把最後一個碗放進洗碗機，智秀也沒有離開。餐廳關門後，智秀才坐下來按摩自己的腳。延在從冰箱取出一根一千元、當作飯後甜點賣給客人的冰棒遞給智秀，智秀選了巧克力口味，立刻撕開包裝咬了一口。延在坐在智秀旁邊，拿起香草口味的冰棒。

「好累喔。」智秀邊吃邊嘟囔。她這句話不像自言自語，而是故意說給延在聽的。

「不是跟妳說，累了就回家，誰教妳留下來幫忙的……呃！」

就在延在說完話、把冰棒送進嘴裡的瞬間，智秀狠狠拍了一下她的背，冰棒差點直接塞進喉嚨。延在抽出冰棒拿在手裡，轉頭看向智秀，正要質問幹麼動手時，智秀搶先一步說：

「妳現在除了這句話，就沒有別的話要對我說嗎？」

「……」

「嗯？沒有？」

當然有，只是說不出口。想說的話既不傷自尊，也沒有不能說的理由。難道是不想看到智秀聽到那句話後，變得更趾高氣揚嗎？智秀看到延在半天不吭聲，自暴自棄似的點點頭。

「好啦，我知道，妳感激死我了。妳的心聲，我都聽到了。」

智秀再也等不下去了，放棄似的自我安慰，當作延在已經感謝了自己。這時，延在突然開口：「謝謝。」一說完，就立刻把冰棒塞進嘴裡。

「嗯？」智秀放下了拿著冰棒正要往嘴裡送的手。

「我說，謝謝妳。」

雖然延在嘴裡含著冰棒的發音很模糊，但智秀還是聽清了。智秀揚起嘴角，摸了摸延在的頭。延在仰頭想躲開。

智秀咧嘴大笑道：「朋友之間客氣什麼。」

智秀咬了口冰棒，再次哈哈大笑起來。

快吃完冰棒時，智秀的媽媽開車來了。阿姨沒有下車，只搖下副駕駛座的窗戶，朝延在喊道：「妳就是延在啊？很高興見到妳。」

延在害羞地點了點頭。原來智秀每次來家裡時都能大聲跟寶敬問好，是來自這種強大的親和力。

智秀上車後，朝延揮揮手，說：「今天開會辛苦了！」

哪來的開會啊？一頭霧水的延在「嗯？」了一聲。

智秀咬著牙，加重語調又說了一遍：「辛！苦！了！」

延在這才意會過來，智秀是為了瞞過媽媽，於是含糊地附和：「辛苦了。」

智秀一直把手伸出窗外揮手，所以延在只能站在原地直到車子消失不見。要不是恩惠的輪椅卡住門檻，延在可能會站在門外更久。延在幫恩惠推了一下輪椅，輪子這才順利通過門檻。

「平時很容易就能過去，偶爾才會這樣。」恩惠做了沒有必要的解釋。

快要凌晨兩點時，延在才爬上床。睡前也沒做什麼，就已經凌晨了。延在今天才知道，寶敬就算很早收工也只能這個時間才躺上床，不是因為動作慢或懶惰。因為睡不著，延在翻了個身，又為了找到舒服的睡姿，翻來覆去換了好幾個姿勢。延在腦子充滿了智秀，還有剛才寶敬的話，突然說什麼對不起啊……

紛擾的思緒使得延在越來越清醒。與其躺著睡不著，還不如起身找點事做。想到這，延在毫不猶豫地起床去了二樓。延在明知花椰菜不會害怕，但還是為它留了一盞檯燈。延在在漆黑中透過門縫下溢出的光線，直接走向那扇房門。一打開房門，望著窗外坐在那裡的花椰菜轉過頭來。

「你好！現在是睡覺時間。」

「嗯，但我睡不著。」

延在坐在花椰菜旁邊，拉過檯燈，打開在學校使用的平板電腦點開備忘錄。因為智秀遵守約定提供了零件，所以延在也必須遵守約定在比賽上獲獎。每次智秀登門也不是只坐在角落觀看，兩個人偶爾也會為比賽做準備，所以備忘錄裡儲存了很多想法。延在和智秀選擇的主題是用於日常生活中的救難機器人，延在在幾個設計中放大了其中一個模型。

「這很像恩惠的輪椅耶。」在一旁觀看的花椰菜說。

延在點點頭。延在放大模型查看細節，並轉換成3D看了又看，想像著其中可能帶來的重大革命。延在坐在花椰菜旁邊，拿起觸控筆聚精會神地在螢幕上寫寫畫畫了好一會。

花椰菜盯著延在前傾的背和後腦勺。延在熱衷於做某件事時，會變成一個發光的人，從她身體裡散發出的能量會轉換成光。雖然人類的眼睛看不到，但可以感知熱量的花椰菜的眼睛，可以看到延在修理自己時經常會發光。額頭冒汗，全神貫注地修理花椰菜的雙腿時會發光；一邊吃著碗裡的麥片，一邊查看設計圖，尋找哪部分有連結問題時也會發光。

現在，延在的身體也發出了耀眼的光。

花椰菜把手輕輕放在延在背上。延在問了聲：「幹麼？」但花椰菜沒有收回手或起身。花椰菜把手一直放在延在背上，直到感覺到撲通撲通的震動。被幸福包圍的延在發出了震動。延在是活著的，她一直都是活著的，但現在比任何時候都有生命力。是什麼讓延在的心跳如此劇烈呢？她又沒有像Today一樣奔跑，只是對著小小的螢幕在構思而已啊。

「妳現在就像Today在奔跑時一樣。」

延在轉頭看向花椰菜，反問它是什麼意思？

「妳正感受著幸福，就像奔跑時的Today。」

「你知道什麼是幸福嗎？」

延在的語氣聽起來很不以為然，但其實她很好奇花椰菜為什麼會這麼說。話說回來，也是花椰菜提出要讓Today重回賽場的。

「感受到活著的瞬間，就是幸福的瞬間。活著必須呼吸，呼吸會感受到震動，那個震動變得劇烈的瞬間，就是幸福的瞬間。」

延在沒有理解花椰菜的話，但還是點了點頭，然後把視線又轉回螢幕說：「可是你又感受不到。」

所謂幸福，若是自身感受不到，豈不是這世上最沒有意義的兩個字嗎？

「我也能感受到。」

聽到花椰菜這麼說，延在直起了身子。只見花椰菜豎起食指。這個動作表示它的話出自真心。延在和智秀約定好，在爭鋒相對時，若想表示自己在講的事情非常重要，而且沒有諷刺意圖時，就豎起食指當作信號。當時也在旁邊的花椰菜模仿起了她們。

「我不會呼吸，但我可以間接感受到。在我身邊的妳如果幸福，我也會跟著幸福。如果想讓我幸福，妳只要讓自己幸福就可以了。不覺得這很棒嗎？」

延在想反駁「那不是你切身感受到的幸福」，但還是沒有說出口，只點了點頭。因為她覺得這很不錯，是一件很棒的事。

「那如果身邊的人不幸呢？」

「我感受不到。」

「為什麼？」

「因為我沒有努力去感受。」

「還真教人羨慕。」

「人類連身邊人的不幸也可以感受到嗎？」
延在把畫面調至睡眠模式，但手上還在轉動觸控筆。延在緩緩點了點頭。
「裝作不知道不就行了嗎？」花椰菜不解地說。
延在看著手中的觸控筆，說：「這種方法我也試過，但沒有用。我真的很糟糕，因為害怕那種不幸會傳給我，就故意視而不見，但根本沒用。」
「為什麼？」
「因為這不是我想逃避就能逃避的問題。」
「那妳假裝不知道誰的不幸呢？」
延在看著花椰菜。
「你不會告訴別人吧？」
花椰菜豎起食指，回答說：「嗯，當然了。」
「我的家人。」
「寶敬？恩惠？誰？」
「她們兩個。」
「可以問為什麼嗎？」
花椰菜等待延在開口等了很久，有別於剛才畫圖時，延在的呼吸變慢了。延在用鼻子吸氣，然後從嘴巴吐出來。
「你說，你想裝作不知道人類的不幸，是吧？」

「嗯，是的。」

「那最好還是不要聽我的回答了。」

「為什麼？妳不是要講逃避不幸的事嗎？」

「其實，那也是我的不幸。」

花椰菜無法理解了。

「面對家人的不幸，就等於是面對我在逃避的自己的不幸。」

延在開始後悔自己跟花椰菜聊這麼瑣碎的事，她整理好東西，站了起來。雖然沒打算上床睡覺，但走出房間時，延在還是習慣性的說了聲晚安。延在擔心再聊下去，會對花椰菜說出更多心裡話。雖然延在像是在說過去的事，但其實她仍在逃避，而且她不知道停止逃避和面對不幸的方法。

延在望著天花板陷入沉思。還以為很快就會結束，結果就這樣一直想到了天亮。延在低聲罵了一句髒話。

Today的訓練又多了兩名參觀者，福喜和瑞鎮。福喜在馬房幫Today打了營養劑，點滴需要一個小時左右。

「我也經常打那個。」智秀看著點滴瓶說。「有時候去補習班覺得沒力氣或頭暈，就會去打那個。」

延在看著一臉理所當然的智秀說：「還不如好好吃飯呢。」

「打那個的效果很快。吃太飽會想睡覺，沒辦法專心聽課。」

延在本想再嘮叨幾句，但還是閉上了嘴。畢竟自己無法理解智秀的人生，搞不好智秀還會反過來囉唆個沒完。

恩惠說要留在馬房陪Today，於是延在走到外面，智秀也跟了出來。

「妳要去哪？」

季節逐漸入秋，賽馬場的楓葉也即將轉紅。到了秋天，除了來賽馬場賭馬的人，還會有很多來附近郊遊的人，餐廳也將迎來旺季。中秋節過後，餐廳就會開始忙起來，但延在要上學，所以寶敬只能一個人顧店。寶敬最近大病了一場，還沒有徹底恢復，不免有些擔心。延在想到今天早上寶敬說自己沒事時還在咳嗽，於是坐在長椅上問智秀：

「打一次營養點滴要多少錢啊？」

延在記下了智秀常去的醫院和價格。為了買花椰菜，延在已經花光打工賺的錢，現在只能等寶敬每個月給的二十萬元零用錢。

智秀坐在延在身邊，全身散發出欲言又止的氣息。她用腳掃著地上的土，堆成了一座小山。

「那個……下週比賽結果公布後，我平日就不能再來找妳玩了。」智秀接著說：「家裡說我最近老是跑出去，所以除了週末，不許我再過來了。補習班也很久沒去了。」

「知道了。」

延在淡淡地回了一句。其實延在內心並不平靜，可是就算捨不得也不能不讓智秀去補習，所以她覺得這種反應最恰當。但這不是智秀想看到的反應。臉上寫滿背叛與憤怒的智秀本想說些什麼，但最後只大叫了一聲：「妳——！」接著就再也說不出話了。

兩個人一聲不吭地在長椅上坐了很久。延在很不習慣沉默的智秀，她很想開口先說些什麼，又覺得此時的智秀不想跟自己講話。

這時，延在看到花椰菜從馬房走出來。它走到馬房前的草坪上，坐下來，伸直了腿。雖說是伸直腿，但畢竟花椰菜與人類構造不同，所以膝蓋只能彎曲到六十度。花椰菜坐在一棵大樹旁，抬頭仰望天空。每當有風吹過時，樹葉都會隨風擺動，樹葉的陰影便會掠過花椰菜冰冷的外殼。

延在想起花椰菜是為了仰望天空而墜馬的事。沒有生命，才能做出滿足危險欲望的舉動。但這句話顯然無法成立。沒有生命，又何來欲望呢？仰望天空的花椰菜的欲望，到底從何而來？

起初花椰菜提出讓Today重返賽場時，遭到大家反對。Today是因為無法奔跑才面臨死亡危機的，要是再讓牠參賽，根本等於是第二次酷刑。但花椰菜解釋，為了重返過去，就要創造出像過去一樣的幸福瞬間，這才使大家有所動搖。

Today只有在奔跑時才會覺得幸福。對於從出生以來就一直在賽道上馳騁的Today而言，只能透過奔跑確認自己的存在價值。所以剩下的時間與其讓牠在馬房等死，不如讓牠再次奔跑、感受幸福。大家終於都點頭同意了。

福喜擔心Today連站立也會很吃力，但與她的擔憂相反，被關了好幾個星期的Today，幾天前終於來到賽場時，牠發出了喜悅的叫聲，大步走上賽道。雖然很快又開始疼痛，但大家都看到了Today的笑容。花椰菜的想法是對的，即使Today忍受著如千萬根針扎般的刺痛，還是覺得這樣更幸福。

Today是一匹會被遮擋視野，只接受快速奔跑訓練的賽馬。即使速度大不如前，牠仍試圖跑出時速七十公里的速度。一開始，大家為了控制看到賽道就興奮的Today吃了不少苦頭，連珉周都要一直用力拽住韁繩，這過程可想而知有多危險。

福喜說，Today是不想再被關進馬房，才會比平時更興奮。花椰菜輕輕撫摸Today的脖子，說了聲「請多多關照」後，Today才安靜下來。這就是花椰菜所說的默契。花椰菜就像施展了魔法，讓Today恢復以往的平靜，顯然Today也還記得花椰菜是跟自己一起參加比賽的夥伴。

站在賽道上的Today沒有戴眼罩，花椰菜抓著韁繩站在牠旁邊。現在Today要接受的訓練是，看到賽道也不會興奮，只需練出能上場的速度。也就是在不損傷關節的狀態下，緩慢走完全程的速度。

目標設定在時速三十公里。

延在還沒來得及想到要說什麼，智秀就從椅子上站起來，走去馬房了。花椰菜看著邁開大步的智秀，朝延在所在的長椅走去。

「今天的天空看起來比任何時候都要高。」

「因為是秋天啊。」

「為什麼秋天的天空這麼高呢？」

老師在科學課上講過這件事，但延在敷衍地說：「嗯……沒為什麼。」

花椰菜為了坐下，轉動了一下身體，但瞬間失去平衡，身體朝一側傾斜過去，幸虧它及時抓住長椅，才沒有直接摔倒。

「怎麼突然這樣？」延在驚訝地問。

花椰菜坐在長椅上，若無其事地說：「我也不知道，最近經常這樣。」

從四天前開始，花椰菜的身體就出現異常，會突然重心不穩或撞到旁邊的東西，或是剛起身就癱坐下去，有時還會出現動作不連貫的情況。但這些問題並沒有給花椰菜帶來不便，所以它自行判斷即使存在小瑕疵，但不是什麼嚴重的問題。聽延在說要查看一下內部，花椰菜一邊強調自己沒有問題，一邊轉過身來。延在按下按鈕，掀開花椰菜背後的蓋子，但沒看到明顯的問題，零件都在正常運轉。

「如果沒有需要修理的地方，就表示沒有問題。」花椰菜直視前方說道。

花椰菜看到智秀在馬房門口徘徊，還時不時瞥向這邊。

「難道要把你徹底拆了，再重新組裝嗎？」

「請妳克制自己，不要講那種毛骨悚然的話。」

「怕什麼。」延在扣回背蓋。

正如花椰菜所言，當下沒發現嚴重的問題，她盤算著日後有時間，再全部拆開仔細檢查。

花椰菜把身體轉回來，眼前依然是藍色的世界。

「這個世界好藍啊。天空是藍色的，葉子是綠色的。」

「幾個星期後，那些葉子全都會變紅的。」

聽到延在的話，花椰菜轉過頭來。如果花椰菜也有表情，一定可以用難以置信來形容。

「為什麼？」

「……因為是秋天啊。秋天原本就這樣。」懶得回答問題的延在結結巴巴地說。

但這次花椰菜沒有善罷甘休，它想知道為什麼綠色的葉子到了秋天會變紅。三月生產的花椰菜無法理解九月的變化。如果沒有遇到延在，它連綠色的葉子會變紅都不知道，直接就被貨車載去丟到某處的工廠報廢了。聽到延在一再重複剛才的回答，花椰菜窮追不捨地問：

「為什麼會這樣呢？」

「什麼事都一定要有理由嗎？」延在不耐煩地反問。

「因為這個世界的一切都有理由啊。」

「你聽誰說的？」

「不是聽說的，是我本來就知道。我不認為這是設定錯誤。我存在的理由是成為騎師，人類對我下命令也有理由。這個世界不存在沒有理由和意義的東西。」

為了反駁花椰菜，延在的嘴唇一張一闔動了半天。眼前的這個機器人知道太多了。這也難怪，人類歷經幾世紀一點一滴累積的知識，全部壓縮傳送給了機器人，所以機器人比人類聰明也無可厚非。延在撥了一下頭髮，她只想坐在這放空一下，結果思緒更混亂了。

「錯了，你搞錯了。這世界根本就沒有理由，那些理由都是人類自己硬加上去的。所以按順序來看，萬物的出現都是沒有理由的。」延在又撥了撥頭髮，眼神和聲音都充滿不耐煩。

「但是，我不可能出錯……」

「任何人都會出錯，活著就會一直出錯。」延在覺得這次的回答無懈可擊。

「這是第二次。」花椰菜說。

延在反問：「什麼？」

「妳是第二個說我『活著』的人。」

「……」

「好開心喔。」

說自己開心的花椰菜沒有任何表情，也沒有講話的嘴巴，有的只是看著延在的兩個洞，以及每次講話時感知聲音和發出亮光的感知器。即使沒有能證明花椰菜開心的證據，但延在還是相信它。延在相信花椰菜是真的很開心，有人用「活著」形容自己。

「那妳把我帶回家也沒有理由嗎？」

這個機器人真是會學以致用。

「嗯，沒有理由。」

「謝謝妳。我也沒有理由的喜歡妳。」

意外聽到花椰菜的真情告白，延在偷偷揚起嘴角。就在這時，剛才一氣之下走掉的智秀回來了，她一臉氣呼呼轉達了珉周的話，說完又跑回馬房。在一旁看著的花椰菜提醒延在，最好盡快找智秀聊聊。

平時的智秀講話坦率，從不顧忌延在的感受。這樣的她現在生起了悶氣，又隻字不提原因，只有兩種可能，一是真的氣到不想講話，二是生氣的原因難以啟齒。

珉周點開前年修訂的賽馬規則，並用螢光筆功能在一句話上畫線：「至少要有一名以上的投注者方能參賽。」

延在用等待說明的眼神看著珉周。其實就算不說明，延在也理解這句話的意思，她真正在等的是珉周能給出一個解決方案。賽馬好比比特幣或大樂透，也是一種逆轉人生的方法。這是一個靠機率運轉的世界。比賽當天，賽馬要想上場，就要有至少一名以上的投注者下注那匹馬。但有哪個白痴會在好幾週都沒有參賽紀錄、而且受過傷的賽馬身上下注呢？人們會在曾是A級賽馬，但因關節受損已經一個月未參賽的Today身上下注的機率，是百分之零點零零一。

投注需滿十八歲，延在和恩惠沒有資格，珉周和多映是賽馬場員工，也沒有資格。只剩下福喜和瑞鎮，但延在不想再給他們添麻煩了。

「要下多少注？」

「雖然沒有規定最低額度，但金額越大越有希望。參賽同意書就只是同意書，能不能上場要看當天的情況。因為是電腦操作，會綜合計算投注金額、賽馬、冠軍紀錄和空白期等資訊進行排名，所以就算福喜和瑞鎮下注，也無法保證Today可以上場，而且Today已經很久沒比賽了，電腦早就把牠歸類在無法參賽的賽馬裡。最重要的是，比起第一次賭馬的人，有賭馬紀錄的人下注才能提高機率，因為誰都相信賭徒的直覺。」

「賭馬紀錄？」

「嗯，至少得是連續十二週下注的人，這樣Today才可能以倒數第一名被選中。但哪有人會在Today身上下注啊……」

「有。」

「嗯？」

延在的腦中浮現出一張臉。

延在拿著杯麵裝滿熱水，然後把免洗筷壓在上面，端著走回桌子前。

「要不要吃泡菜？」

店長從保鮮櫃取出一盒泡菜，走到延在面前坐下。幾週不見，貝蒂已經遍體鱗傷了。

店長追隨著延在的視線，開始訴苦：「那些男人看到貝蒂就故意找麻煩，還拳打腳踢，請人修理了很多次，都不知道花了多少錢。」

「那還是比雇人便宜吧。」

延在雙手抱胸，一臉「我可沒空安慰你」的表情看著店長，意思是：你找錯訴苦對象了。

店長低聲說了句：「就還好啦……」

在進入正題前，延在拆開免洗筷，掀開杯麵蓋子，用筷子攪合了一下泡得剛剛好的麵，然後夾起一大口，呼呼吹了幾下。

現在是連假，店裡沒有客人。早與家人斷絕往來的店長今年中秋也是一個人，所以看到像家人一樣的延在格外開心，慷慨地展示他的笑容和親切。看到店長問：「要不要吃水果？」延在心想，看來便利店的這些食物就是他的節日大餐了。延在呼嚕嚕地吃著麵，搖了搖頭。店長很講義氣，沒有忘記請延在吃泡麵的約定。但今天延在期待的是更大的、甚至幾百倍的義氣。

聽到珉周那番話後，店長的臉便浮現在延在的腦海中。之前每逢週六，店長就會自吹自擂自己下注的馬跑得有多快。延在判斷他就是最佳人選後，立刻跑來店裡。幾口便把麵吃光的延在又咕嘟咕嘟地灌下一瓶水。當店長提議用冰淇淋當作飯後甜點時，延在開門見山地說：

「幫我下注賭一匹馬吧。」

「嗯？」

「馬已經選好了。」

「嗯——？」

「倒數第一的機率是百分之百，但你還是得下注。」延在堅定地說。

「要我下注百分之百會跑倒數第一的馬？」

「是的。」

「我？」

「嗯。」延在心想，你煩不煩啊，要問幾次。

「為什麼？」

延在重複了一遍幾週前店長對自己說過的話。

「人生在世不就是要不斷挑戰新事物嗎？」

店長垂下頭，壓低聲音說：「嗯，沒錯。」

看到店長無法反駁自己講過的話，延在心裡很痛快。

一直盯著地面的店長抬頭看向延在，問為什麼要下注一匹絕對會跑倒數第一的馬？延在從沒開口拜託過任何事，店長不覺得她在捉弄自己。其實每次自己選的馬成績都一敗塗地，下注金額也收不回四成，所以店長覺得如果延在能給出合理的理由，花筆小錢也無所謂。

延在苦惱了一下該從哪裡說起，最後只提了Today和姐姐，還有希望Today重獲幸福的機器人。延在覺得自己很像在刻意編造感人的故事，視線尷尬地停留在別處。臨近劇終時，居然響起了啜泣聲，而聲音的來源就是店長。眼淚在眼眶打轉的店長抽了一張桌上的紙巾，擦了擦眼角。

延在一臉無言，「你這是在演哪齣？」

「怎麼這樣跟大人講話，哼……」

店長用紙巾擤了擤鼻涕，輕輕點點頭，答應可以下注最小金額。但那仍不是一筆小數目，所以臨走前延在站在門口又確認了一次。延在有點內疚，覺得自己很強人所難。店長故作豁達，說那點小錢不算什麼，但腦中浮現自己平時總在延在面前錙銖必較的嘴臉，才收斂了些。

「反正，這點錢跟平時賠的金額相比，不算什麼啦。」

「那你以後可不要怪我，更不能要我還錢喔。」

「呵呵，真是的，認識這麼久了，妳對我的評價也太負面了吧。」

店長從收銀臺旁邊的貨架拿起一個麥片棒，朝延在丟過去，延在慌張地用雙手接住。看到店長故作慷慨的模樣，延在心想，這又是演到哪一齣了啊？但她並不覺得反感。

「妳有求於我，我總不能置之不理吧。」

「……」

「所謂大人，就是要在孩子請求幫助時，伸出援……」

「那下週見，我先走囉。」為了防止渾身起雞皮疙瘩，延在趕緊打斷店長，揮了揮手。

看來店長得戒掉日劇了，他學了一堆奇奇怪怪的東西。難不成以為自己是紐約曼哈頓的熱狗店年輕老闆？雖然店長不討人厭，但要是老擺出這副怪樣子，恐怕這輩子得孤老終生了。為別人擔這個心，好像太多管閒事。但至少透過這件事，延在原諒了店長因為貝蒂解雇自己的事。

延在回到賽馬場後，訓練已經結束，智秀也回家了。延在傳簡訊問智秀什麼時候走的，智秀就只回了「剛才」兩個字。看到智秀冷淡的回訊，延在才終於確定智秀真的生氣了。延在很想問她是不是在生氣，又不知道怎麼開口，結果居然被花椰菜指責：

「不交流怎麼互相理解呢？人類具備可以讀懂彼此內心想法的功能嗎？」

延在明白花椰菜的意思，但她也很難開口說出從未講過的話。對延在而言，傳訊問智秀是不是在生氣已經很難了。短短一句話，延在寫了又刪，刪了又寫，直到連假結束也沒有傳出去。連假期間，餐廳忙得不可開交，除了訂位的客人，還來了很多帶父母吃參雞湯的客人，延在每天都要代替尚未痊癒的寶敬去餐廳幫忙。忙到連看手機的時間都沒有，但稍稍得空時，延在就會看一下智秀有沒有聯絡自己。可是直到連假結束，智秀也沒有傳來任何訊息。

連假最後一天晚上，延在傳了一則與實質問題毫不相干的簡訊：「明天見。」智秀沒有回。延在覺得自己掉進了名為智秀的迷宮，明明沒打算走進去，但睜開眼時已經身陷其中。延在知道自己最近經常嘆氣和陷入沉思都是因為智秀。看著已讀不回的訊息，她終於得出必須解決這個問題的結論。

但這也不表示能馬上解決問題。

連假結束，兩人終於見到面時，即使聽到延在已經找到下注人的消息，智秀的反應也很冷淡。無論延在說什麼，智秀都是不冷不熱的態度。下課休息時，智秀也不再以討論比賽為由找延在閒聊了。午餐時間，智秀才來找延在。但從教室走到操場的路上，智秀都一聲不吭地走在前面。延在也知道可以用「放假都在幹麼？」或「最近有什麼心事嗎？」展開話題，卻始終發不出聲音。

利用午餐時間簡短討論完比賽的事後，智秀關掉自己的平板電腦。

「我會背熟要發表的內容，妳就好好整理一下問答的部分。就這麼說定了？」

智秀簡單做了總結。延在知道只要回答「嗯」就可以，但她猶豫了起來。如果馬上回答，智秀大概會頭也不回地立刻回教室。午餐時間還有二十多分鐘啊。智秀一邊等待延在回答，一邊把空的麵包袋和牛奶盒放進塑膠袋。智秀買來的麵包和牛奶就是兩人的午餐。延在把垃圾放進智秀手中的塑膠袋，說了聲「謝謝」，智秀僵硬地點了一下頭。

不說出來，對方怎麼會知道呢？

花椰菜這句話就像一掌打在延在背上。伸手抓住起身要回教室的智秀的衝動也始於這句話。換句話說，延在是先抓住了智秀，才開始整理起要講的話。當然，因為延在毫無這方面的才能，只能脫口問道：

「妳生氣了？」看到智秀的眉頭瞬間一皺，延在連忙解釋：「我沒有別的意思，就只是問問。如果妳真生氣了，我才能……」

「能怎樣？」智秀問。

「道歉。」延在回答。

智秀瞪著延在好一會，最後長嘆一口氣，又坐了下來。就像延在一直思考著智秀，智秀也思考著延在，並且根據整合出的資訊，明白此時的延在已經竭盡所能。智秀體認到延在是一個喜歡獨自好奇、不愛詢問，最後直接放棄的孩子。所以智秀才會努力不把自己的心情和想法都解釋給延在聽。但她覺得，現在應該坦率地把一切都講出來，講出那些怕傷自尊而沒說出口的話，還有因為確信就算講了延在也不會改變，因此只能放在心裡的話。是延在先開口問的啊！智秀期待著微妙的變化，終於開了口。

起初延在不明白為什麼智秀這番話讓自己感到很陌生。智秀希望延在做的事很難嗎？不，智秀生氣的理由很單純，但似乎也沒那麼簡單。

「我把妳當成朋友，但妳好像沒把我當朋友。」

就像智秀說的，她們的友誼存在著溫度差。延在也不知道智秀有多在乎這段友誼。

但這個問題不能用數值來衡量。聽了智秀的話後，延在才在某種程度上承認這對自己來說是一個難題。智秀為理解延在而付出了努力，延在卻沒有為理解智秀努力過。智秀發現延在的冷漠態度並非真心後，總是主動靠近她，但延在並沒有努力接受這樣的智秀，視她為朋友。

延在並不期待被人理解。雖然不知道自己從何時開始這樣的，但可以肯定，是過去不被理解而受的傷害漸漸累積成這樣的結果。期待被理解是很自私的，每個人都有自己的痛苦和難言之隱，也都會遇到無可奈何的狀況，但大家都在刻意隱藏，假裝若無其事。至少延在是這樣想的，所以她放棄了被理解。

每當恩惠需要幫助時，無論延在在哪裡、跟誰在一起、在做什麼，她都會立刻回家。朋友只知道延在有一個姐姐，每當大家問她為什麼回家時，延在只是若無其事地說姐姐需要她。朋友們只聽到延在回家的原因，並沒有去理解她。理解是有極限的，有次數和底線。當越過那道底線，原本理解你的人就會在某個瞬間開始指責你有多自私了。

「偶爾一、兩次就算了，每次都這樣，你到底把我們當成什麼？」

放棄期待他人的理解就等於放棄理解他人。延在漸漸變得只接受發生的事，不會為他人的行為賦予理由。因為去思考對方為何討厭或喜歡自己，需要耗費太多能量。只要放棄理解他人，一切就會變得很輕鬆。不在人際關係上寄予期待，便也不會受傷害。至少在遇到智秀前，延在的世界一直風平浪靜，一絲風也沒有，寂靜又寂寞。

智秀在延在的世界颳起一陣強風，把那張揚起的帆吹走了。有一天，智秀把自己特有的理直氣壯當作武器，厚著臉皮威脅延在一起參加比賽，即使延在態度冷漠也不在意。延在很訝異世上竟然有這種人，起初覺得智秀很煩，但漸漸也習慣了，甚至還覺得脾氣暴躁、易怒的智秀很搞笑。延在覺得智秀難纏的次數減少了，反倒習慣了形影不離的狀態。

當智秀說比賽結束後，就不能像以前那樣來找延在玩時，延在判斷智秀不能一直不去補習班，才理所當然地回「知道了」。智秀卻很生氣，因為她覺得延在沒有跟自己一樣感到遺憾。

「我也理解妳那種性格。」

智秀道出這段時間一直憋在心裡的話，光聽聲音還以為她要哭了。但其實她眼裡充滿了怒火。

「我知道妳很迷機器人，但沒想到妳的心也跟機器人一樣。花椰菜都比妳有人情味。」

延在想問智秀這是在故意中傷自己嗎？但還是忍了下來。智秀不吐不快地講了老半天，才終於喘了口氣，語氣稍稍平穩地說：

「我說不能再去找妳玩的時候，妳應該說『很遺憾』，而不是『知道了』。當然，如果妳不覺得也沒辦法，至少……」

延在打斷智秀的話：「我很遺憾。」

智秀安靜了下來。

延在繼續說：「當然遺憾了。可是就算我這樣覺得，妳還是得去補習啊。」

「那妳也該說出來，我才能擠出時間去找妳啊！真是的，雖然知道妳反應遲鈍，但沒想到都這麼大了，這種事也要一件一件教妳。」智秀的語氣仍帶著不滿，表情卻比剛才好多了。

延在看著智秀，又重複了一邊剛才的話：「我覺得很遺憾。」延在以為早就忘了這個很久沒使用的單字了，原來沒有。遺憾夾雜著一些悲傷。事實上，由於太久沒有使用這個詞，悲傷已經徹底占據延在那顆失去免疫力的心。延在很想哭，但想到哭出來會被智秀笑一輩子，只好強忍住。

一定要告訴花椰菜，人類根本沒有不靠交流就可以讀懂對方內心的功能，大家只是誤以為自己具備這種能力罷了。

走回教室的路上，智秀滔滔不絕地講著這幾天憋在心裡的感受，延在連連點頭稱是，生怕她誤以為自己沒有在聽。雖然智秀有時講話很直，但她從不誇大其詞或說謊。僅憑這一點，延在更覺得智秀和自己很合。延在希望自己也能像智秀一樣心口如一，也決定不再一個人胡思亂想，妄下一些奇怪的定論。

「我不是不理解妳。因為我媽之前也跟妳一樣。她說，要顧家的人只會漸漸遠離人際關係，人也會變得麻木，還說這就像為了不受傷而躲進蝸牛殼裡一樣。我理解妳。雖然這麼講有點可笑，但妳也理解一下我吧。」

「怎麼理解？」

「我本來性格就很急，沒耐性，有時講話也很討人厭。這些妳應該早就看出來了。媽媽總說我講話沒禮貌，別人一定受不了。我就反駁她，這都是跟妳學的，我為什麼要說好聽話討好別人呢？妳說是不是？然後我媽就說，女孩子講話要得體。真是受不了。說到這個，我跟我媽提起阿姨，她很開心，也常看那部電影。不如哪天讓她們見一面？我媽超期待的……」

延在心想，如果運動會那天邀請寶敬、恩惠、智秀和花椰菜來看比賽，自己一定不會衝出跑道，會第一個跑到終點。當然，延在也知道自己不可能再回到十一歲了。她只是覺得未來不會再脫離跑道，可以堅持跑完全程了。不需要得到所有人的理解，只要能讓自己理解的人理解自己就可以了。

放學後，延在在餐廳吃泡菜湯，把智秀的話轉達寶敬。智秀媽媽看寶敬拍的電影度過了自己的二十代，希望以後有機會可以見面。

「嗯？妳說什麼？」

寶敬反問了好幾次。她不是沒聽懂延在的話，而是不敢相信延在會跟自己講這些。延在覺得保持沉默就是最好的回答，於是舀了一大口飯塞進嘴裡。

寶敬打開手機的行事曆，指著假日問：「智秀媽媽做什麼工作？平日也有時間嗎？」

看著興奮的寶敬，延在說：「我也想看。」

「嗯？……看什麼？」

「妳拍的電影。」

寶敬被湯嗆到了，猛地咳起嗽來。

原以為已經找不到了，但上網搜尋還是能購買到那部三十多分鐘的高畫質電影。延在和花椰菜在二樓把影片投射在牆上，電影題目、導演和演員的名字緩緩出現在畫面中，其中「金寶敬」的人名讓延在既熟悉又陌生。延在就像觀看恐怖電影一樣，抱膝坐在地上，花椰菜模仿延在的動作也抱住了膝蓋。花椰菜坐在身旁，延在一點也不覺得孤單了。雖然花椰菜沒有體溫，但延在還是可以感受到它的陪伴。

延在看著電影長長且平靜的開場，對花椰菜說：「其實，我說謊了。我把你帶回家是有理由的。」

延在領悟到沒有交流便無法了解對方的內心後，覺得必須把這個發現告訴花椰菜。

「摔壞的你躺在乾草堆上，對我說天空很美時，我覺得你好可憐，因此產生了是否能修好你的好奇心。放著你不管，你就會消失，但帶回家的話，你就不會消失了。這也算是一種惻隱之心吧。我一點也不後悔，而且修理你讓我明白了，我並沒有討厭之前喜歡的東西。還有，你現在不可以回應我，這是命令。」

花椰菜服從了延在的命令，但它第一次萌生違抗命令的衝動。不知花椰菜體內是否真的存在這種衝動，但看電影期間，它一直覺得身體有些不對勁。為了不妨礙延在看電影，花椰菜只能靜靜等待衝動平息。

智秀遞給延在一顆清心丸，延在卻愣愣地盯著，沒有伸手去接。智秀只得剝開包裝紙，直接把清心丸塞進延在嘴裡。又苦又甜的中藥味隨即在延在嘴裡散開。

開車的智秀媽媽透過後照鏡問她們是不是很緊張？延在回說不緊張時，嘴裡跑出一股濃濃中藥味。看到驚慌的延在立刻閉上嘴的樣子，智秀呵呵直笑。不知不覺，抵達了大學禮堂。

從入口處懸掛的大型橫幅可以知道，這裡就是舉行比賽的地方。因為這是關係到大學入學考試的比賽，吸引了很多人參賽，光是平日白天居然人潮洶湧，就可以看出比賽規模。延在想起那場努力想遺忘的比賽，比起那時是一個人搭地鐵去參加，這次還有智秀的媽媽開車送她們啊！為了不讓自己陷入憂鬱情緒，延在打起精神。要不是智秀的清心丸，現在大概已經灌下五瓶水，然後一直跑廁所、搞砸比賽了吧。

智秀媽媽正要下車，智秀立刻上前關上駕駛座的車門，她教媽媽去附近休息，不用跟來。車子穿過人群駛出校園後，智秀就像奔赴沙場的戰士一樣，毅然決然地說了句：「走吧。」

早上延在好不容易阻止了也要跟來的寶敬。寶敬似乎還在內疚之前沒有陪延在參加比賽。但這次有阿姨接送，還有智秀作伴，延在一點也不害怕。當然，害怕和緊張是兩回事。出門前，恩惠問延在準備了什麼？延在說現在沒時間詳細說明，匆忙地走開了。但沒過一會，延在又氣喘吁吁地跑回來問：

「姐，妳是不是想要自由？」

「我已經自由了。」

延在咧嘴一笑，跑出家門。

參賽學生分成五個小組走進禮堂，臺下坐了五位大學教授和三位技師。延在和智秀排在第四組，主持人帶領大家入座後，前面幾組開始依序上臺發表。從可以抵抗颱風等自然災害的空拍機，到適用於公共設施的ＡＩ診視器，再到在現有的救難機器人身上添加新性能的新一代機器人。參賽學生發表的內容五花八門，想像的範圍也很廣。

學生們介紹了各自以旅行或留學經驗為基礎，從西歐的研究資料中獲取的靈感。這些都是世界需要的創意。延在又檢查了一遍自己準備的內容，除了確認是否有錯字，還很擔心自己準備的不及其他人紮實。延在的視線一直停留在紙上，這時，智秀抓住了她的手。

「妳的想法是最棒的。」

智秀在心裡默念著這句話，拍了一下延在的背，教她抬頭挺胸。可能是清心丸發揮了效用，延在內心平靜了許多。

按照順序，每組結束二十分鐘的發表和問答後，終於輪到延在和智秀上臺。延在站在講臺後方，配合智秀講話的速度，用電腦播放PPT。延在看到臺下評審時，彷彿又回到一句話都沒說就走下臺的那一天。她努力不去看評審，把視線固定在電腦螢幕上。智秀平靜且字正腔圓地結束了發表，評審都聚精會神地從頭聽到尾。

延在從恩惠身上獲得了「全軟體輪椅」的創意靈感。「全軟體輪椅」與二〇一六年美國哈佛大學研發的全軟體機器人「Octobot[6]」的驅動原理相似。利用合成矽膠製成的「全軟體輪椅」，輪子比原有輪椅的輪子更輕、更結實，輪子內部設有可以彎曲變形的人工肌肉。平時輪子保持圓形，但在遇到臺階或障礙物時，輪子會透過加壓氣體變換成適用於障礙物的型態。同時結合了導電聚合物的人工肌肉在固定了變性輪子的情況下，可以輕鬆上下臺階，還可以攀登布滿岩石或碎石的高山。

對延在的創意信心十足的智秀成功結束了發表，延在也從某一刻開始能夠直視臺下評審

---

6 沒有硬電子零件、電池或晶片，也不需連接到電腦，透過化解反應生成的氣體，就能自主移動。

了。每當評審點頭時，延在都激動不已，覺得自己的創意得到了認可。智秀沉著地結束十五分鐘的發表後，一位評審還送上了掌聲。智秀笑著回頭看向延在，延在一直僵住的臉才放鬆下來，揚起嘴角。智秀游刃有餘地回答了追加問題。到了最後一個問題時，一位大學女教授看著站在後方的延在問道：

「請後面的同學回答一下，為什麼會想到這個創意？」

延在走到智秀身邊，接過她遞出的麥克風。與其他參賽學生不同，延在的靈感並不是來自這個世界，因為延在從未走出過所謂「家」的世界。延在知道，評審一定會覺得她的回答很無聊。但也沒辦法，對延在而言，家就是全世界，而且在那個家裡，仍舊存在著很多這個世界沒有解決的問題。為了不緊張，延在做了個深呼吸。必須放鬆下來，才能讓自己不那麼緊張。

「為了不孤獨。」

延在停頓了一下。看到智秀平靜的表情，延在覺得應該可以繼續回答下去，於是鼓起勇氣接著說：

「有的人為了外出，需要比別人做更多準備。但就算做好了準備，也不表示可以出門了。很多時候，並不是缺乏意志或能力，但最終還是只能放棄。因為太難了，很多路如果沒有得到幫助，便無法前行。雖然有人會說，只要動手術就好，但手術費用對某些人而言根本是天文數字。而且有的人並不期待擁有像我們一樣完整的雙腿。

「雙腿只是形體而已。那個人真正想擁有的是自由，是無論哪裡都可以去的自由。想要自由，並不需要花很多很多錢，只要有結實、可以克服各種障礙的輪子就可以了。如果文明無法消除臺階，那就製造出能夠上下臺階的輪子。科技的發展不就是為了克服這些問題嗎？我覺得現在的科技並沒有在幫助弱者，只是讓強者變得更強。」

延在調整了一下呼吸，說出最後一句話：

「我覺得是時候改變推動人類發展的輪子的型態了。我相信，既然輪子可以幫助以前的人類抵達更遠的地方，那麼它一定也可以幫助現在的人類。」

教授拿起麥克風，又問：「我可以問一下，那個為了外出要比別人做更多準備的人是誰嗎？」

「我的姐姐。」

教授笑了。

「謝謝妳們的發表。」

走下臺後，智秀一把抱住延在。雖然受驚嚇的延在試圖推開智秀，但智秀沒有放手。延在只好放棄，靜靜依偎在智秀的懷裡。

順利結束發表後，延在的心情就已經非常舒暢。當下的延在不會知道她們在幾天後通過了預賽，也在決賽中表現得相當完美，最終獲得了第二名。延在作夢也不會想到，這個創意會被選為科學科技開發項目，並在五年後，將自己研發的輪椅當作禮物送給恩惠。

延在之所以不知道，是因為在經歷這些事以前，她必須面對離別帶來的巨大悲傷。

花椰菜

「風總是很涼爽嗎？」花椰菜問。

珉周一個人在嘟囔著什麼。一陣涼爽的秋風迎面而來，珉周伸了個懶腰，低頭看了一眼花椰菜。他原本想說「是的」，但突然改變了主意，蹲坐在地上，然後教花椰菜也坐下來。花椰菜模仿珉周的姿勢，為了蹲下去彎起膝蓋。

「有時涼爽，有時溫暖，有時冰冷，有時潮濕。」

「為什麼會不一樣呢？」

「因為風是移動的空氣，空氣不同，風也會不同。冬天是冷空氣，所以風很冰冷，夏天是熱空氣，所以會吹熱風。」

「那為什麼颳風呢？」

「空氣是移動的啊，而且有氣壓，就是空氣團。它會不停從高處往低處移動，來循環這個地球。」

花椰菜點了點頭，把手伸向天空，卻感覺不到空氣的流動。但它可以透過珉周吹亂的頭髮和搖擺的樹葉，知道空氣正在移動。這與Today的鬃毛搖擺是相同的原因。若非要說有什麼不同，那就是風是自然吹起的，而Today的風是自己製造的。

正如延在所言，有些樹的葉子真的漸漸變成了淡紅色。花椰菜看到很多不知緣由的神奇變化，由此理解了延在所說的，不是所有事都能找到理由，要找出所有理由需要很長的時間。可能有的機器人什麼都知道，但花椰菜沒有輸入這些資訊。

「她們怎麼還不來？」

「喔，聽說中午開派對，因為昨天發生了一件喜事。」

昨晚放學回來的延在和智秀一直焦慮地盯著手機。恩惠告訴花椰菜，她們在等預計晚上八點公布的預賽結果。到了八點，兩個人立刻打開手機，沒過多久智秀便尖叫著抱住延在。興奮的智秀說要請大家吃飯慶祝，但因爲太晚了，所以約好隔天再開派對。

知道結果的瞬間，延在只是安靜地笑了笑，但花椰菜透過延在身體的顫動知道她有多開心。雖然延在沒有像智秀一樣尖叫或跳舞，但她與智秀的幸福指數是相同的。花椰菜能迅速察覺到延在不為人知的微妙變化和情緒。

延在要走出二樓房間時，花椰菜問：「妳很開心吧？」

延在笑著回答：「你都知道還問。」

花椰菜還知道延在的一個祕密。無聊時，延在會看寶敬的電影。即使同一部電影反覆看了很多遍，延在還是會像第一次看一樣，專注於所有場面和臺詞。特別是寶敬登場時，她連眼睛也不會多眨一下。

「很有趣嗎？」

聽到花椰菜的問題，延在搖了搖頭。

「不是我喜歡的類型。」

「那為什麼還要一直重看呢？」
「我覺得很神奇。」
「什麼？」
「遇到我之前的媽媽。」
「遇到妳之後的寶敬和那時的寶敬是同一個人啊。」
延在沒有回應花椰菜，直到看完第五遍後，延在才說：
「沒錯，是同一個人，你說得沒錯。過去和現在，媽媽都是同一個人。」
之後，那部電影延在又看了三遍。花椰菜第一次看的瞬間就記下了所有道具的位置，但延在每次都會發現新的細節。花椰菜覺得人類的結構十分神奇，因為人類的眼睛即使看著相同的事物，也還是會各自發現不同之處；即便生活在一起，卻也過著各自的時間；就算望著同一個地方，記憶也各不相同；如果沒有交流便無法知道彼此的內心，還會不斷隱藏自己，直到耗盡所有燃料。
儘管如此，有時即使沒有交流，也還是能理解彼此；就算望著不同的事物，卻也在朝著同一個方向前進；哪怕是分隔兩地，還是會像在一起似的度過時間。人類既難懂又複雜，也很有趣。如果花椰菜有感情，一定會很享受這些，也會明白，人生本身就像持續不斷的猜謎遊戲。
珉周枕著手臂躺在草坪上。花椰菜很難模仿這個動作，只能看著舒服地閉著眼睛的珉周。
「明天就要比賽了，心情如何？」珉周問。
「還好。」花椰菜立刻回答。

「也是啦，以為你會緊張才奇怪。」

「你以為我會回答緊張嗎？」

「很久沒有上場的話，難免會緊張啊。」

「你總是把我當成人類。」

花椰菜的話把珉周逗笑了。

「但這並不表示我想成為人類。我之所以很開心你把我當成人類，是因為你沒有無視我的存在。我希望成為一直陪伴在人類身邊的機器。」

「為什麼？」

「因為我是機器。」

珉周之後是延在，延在之後是寶敬，然後是恩惠和智秀，大家都把花椰菜當成有生命的個體。花椰菜把他們歸類為特殊的人類。也只有人類會對沒有生命的個體產生感情。寶敬告訴花椰菜，賣掉婚後和消防員買的第一輛車時，自己哭了很久。由此可見，寶敬有多愛那輛車。

寶敬說明天餐廳不營業，會去看比賽。這是餐廳開業以來，第一次週末關門休息。寶敬終於得出休息一天也不會餓死的結論。她一再強調，一定要去看延在修理的騎師參賽。延在睡覺時，寶敬偷偷來到二樓房間對花椰菜說，自己會努力不再錯過重要的時刻，拉近與女兒的距離。雖然花椰菜不知道寶敬為什麼要對自己表達這樣的決心，但還是點了點頭，表示會支持她。

「你那樣很舒服嗎？」花椰菜問珉周。

聽到珉周回答說：「躺著當然舒服了。」花椰菜也躺了下去，然後模仿珉周，把手臂墊在頭下。雖然花椰菜不知道舒服是什麼感覺，但可以將整片藍天盡收眼底，就像躺在乾草堆上望著藍天時一樣。

花椰菜知道人類會像帶走F-16一樣帶走自己，也知道自己會像F-16一樣從此消失。但是那個少女出現了，那個根本抱不動花椰菜的少女禹延在，用僅有的八十萬買下了自己。花椰菜覺得，如果自己的一生也可以稱之為人生，那麼那一刻就是人類所說的重啟人生，人生的第二幕。

花椰菜住的那個家莫名的冷清、安靜。家裡明明住著三個人，但每個時間段只會發出一人份的噪音。大家相處在一起，卻各自待在沒有交集的時間裡。但花椰菜知道，那種沉默不會持續很久。出現細微的裂痕後，互相滲透的噪音便會讓彼此的時間產生交集，並且希望時間不要流逝得過快。

「過了明天，Today就會死嗎？」

珉周沒有睡著，但一直沒有回答。如今花椰菜也知道了人類保持沉默，就表示「肯定」。對問題的肯定。也就是說，如果沒有奇蹟發生，過了明天牠就會死掉。

Today的狀態大有好轉，但福喜強調這是暫時的。Today絕不可能恢復到從前的狀態，要是超過時速三十公里就會立刻倒下。福喜還說，Today是靠藥物和止痛劑才暫時好轉。雖然她的話沒錯，但花椰菜覺得Today好轉的最大原因在於恩惠。花椰菜也不理解為什麼會這樣想，它只是覺得就像延在修理好自己一樣。恩惠每天都會去探望Today，餵牠吃蘋果、胡蘿蔔和杏仁，低聲教牠快點好起來，所以Today才會好起來。唯有幸福才能戰勝痛苦。花椰菜從記憶卡中調出了Today重新站在賽道上時，恩惠開心的樣子。

「如果Today死掉，恩惠一定會很傷心。」

「當然會很傷心，但也會克服的。」珉周好像很累，打了個哈欠。

「為什麼你這麼肯定？」

「一定會的，都會克服的。至於具體的理由，我也不知道。」

「但如果那樣，時間會靜止的。」

不知道這句話前後脈絡的珉周睜開眼睛瞥了一眼花椰菜，又閉上眼睛。花椰菜還有很多問題想問，但不想打擾安逸的珉周，所以安靜了下來。恩惠還是很令人擔憂，但有寶敬在，應該會沒事的。寶敬不是已經知道如何讓靜止的時間再次流淌嗎？

花椰菜仰望天空。它記得延在說過，一直仰望天空，會因為太耀眼而流淚，但自己無論仰望多久都不會流淚。延在告訴花椰菜，即使不覺得耀眼，有時也還是可以使用這種表達方式。比如，用它來形容遇到最美的天空的瞬間。花椰菜希望自己擁有眼睛可以流水的功能。這樣一來，Today跑完全程時，就可以流著淚抱住牠，說一聲辛苦了。

以為已經睡著的珉周突然開口：「只要不死，時間就會一直流逝，暫時靜止又有什麼大不了的。」

「……」

「人活著，時間必然會流逝。說不定靜止下來反而更好。有人說時間走得太快，所以錯過了一切。這是很有名的人說的。是誰來著？……想不起來了。」

花椰菜點點頭。珉周說完這句話後，睡了一會午覺。

Today接受了即使站在賽道上也不快跑的訓練。自出生以來，一直接受加速快跑訓練的Today，現在必須慢慢地、以不受傷的速度跑完全程。每當Today想要加速時，珉周、延在和恩惠就會揮手阻止牠。慢一點、放慢速度、從容地、慢慢呼吸、看一看天空、看一看四周、感受一下在你背上的花椰菜……

Today練習了慢跑。比賽時，快馬會爭奪第一名，但慢馬也不會中途被退賽，因為慢跑沒有違反比賽規則。

我們都需要練習緩速前行。

花椰菜不會知道在賽後，媒體把即使膝蓋磨損嚴重也跑完全程的Today稱為「奇蹟之馬」，媒體開始關注賽馬背後的現況，人們更為了守護Today，提交了反對安樂死的請願書。日後，Today將在濟州島的草坪上度過仰望藍天的一生。雖然花椰菜不可能知道這些，但此時此刻，它幸福得就像什麼都知道了一樣。

花椰菜人生的第二幕就此落幕。現在要重新回到這個故事的開頭與結尾了，也就是花椰菜墜馬的那個瞬間。

你覺得我的故事怎麼樣？看到我短暫的「一生」有何想法呢？你也感受到顫動了嗎？就像不會呼吸的我誤以為自己在呼吸一樣，透過我的故事，你也感受到顫動了嗎？如果能聽到你的回答就好了，但現在我沒有時間了。物理上的時間已經所剩無幾了。

那些填滿我的時間的人坐在觀眾席上。比賽前，我和延在單獨見了面。延在用力抱住我，把額頭貼在我硬硬的胸口上，像念咒語似的喃喃說：

「可以做到的。」

我不知道她是在自言自語，還是在講給我聽，所以我什麼也沒說。我們離開彼此的懷抱，鬆開緊握的手，我和延在在初次相遇的馬房乾草堆旁告別。如果知道那就是最後一次見面，我一定會告訴延在，很高興認識她。但我沒有預知未來的能力，所以只是一直看著她，直到她徹底消失為止。

我走向Today。跟從前一樣，戴著馬鞍和號碼牌的Today正在等我。我抓住韁繩，撫摸牠的脖子，像剛才延在抱著我喃喃自語一樣，說了句：

「拜託你囉。」

我和曾是A級賽馬，但現在面臨安樂死危機的Today一起站在賽道上。我坐上馬鞍，摸了摸牠的鬃毛。觀眾席響起歡呼，我在密密麻麻的人群中一眼便看到了她們。我向她們揮了揮手。

伴隨著信號，我拉緊韁繩。天花板上的大螢幕顯示出數字，數字從十開始倒數。萬里晴空，隨著數字進入倒數，天花板緩緩打開了。我透過Today晃動的鬃毛得知，剛才吹來了一陣風。

三、二、一——

有別於其他賽馬，Today以很緩慢的速度開始奔跑。

當其他賽馬衝出起點時，Today才緩緩邁出第一步。可能是膝蓋感受到了疼痛，Today的呼吸略顯急促。

很痛的話，就不要跑了。你已經站在了賽道上，這樣就可以了。覺得太辛苦時，放棄也是一種方法。有生命的你們要放棄什麼，也需要付出很大的努力。

觀眾席傳出了噓聲，人們不滿地抱怨起為什麼要讓一匹慢馬上場。Today也能聽懂那些人的噓聲嗎？一個啤酒罐哐一聲掉在Today面前，Today不以為意地跨過去。隨後啤酒罐的數量越來越多，很快便響起禁止向賽道亂丟垃圾的廣播，人們的情緒也因此更加亢奮。賽馬場亂成一團，怨聲、斥責聲和謾罵聲取代了歡呼聲。

沒關係，不要在意，不用理睬那些話。你有你的賽道，只要按照自己的速度，跑在自己的賽道上就可以了。反正這條賽道也只有你可以跑完，觀眾席發出的噓聲一點也不重要。為了不讓Today分心，我在牠耳邊一再重複這些話。

不用在意，那些都是噪音，沒必要聽，你不用理任何事。

觀眾席一邊傳來延在向那些人發火和智秀破口大罵的聲音，有些髒話簡直不堪入耳，但她們不需要生氣。因為我感受到了，Today現在很幸福。每邁出一步，Today的身體都在顫動，就跟第一次站上賽道時一樣。

我悄悄地對Today說——

現在的你很幸福喔，你可以回到從前了。

假如我能滿足於此，且能對Today想加速的願望視而不見的話，我人生的第二幕就不會落幕了。幸福戰勝了痛苦。當下的Today可以像從前一樣奔跑了。這是失誤，是沒有預測到的狀況。套用延在的話，這也是機會。但我現在不是碳纖維材質，而是很重的鋁，所以Today很難載著我奔跑。如果我繼續騎在馬背上，Today不僅無法加速，膝蓋也會承受不住。

我明知珉周會生氣，但還是鬆開了轠繩。我抱著Today的脖子，透過顫動、晃動和震動，感受到Today的幸福。

你想跑得更快嗎？

Today用漸漸加快的速度回答了我。上次墜馬，因為有液壓馬達緩衝，我只摔碎了下半身。但延在修理我時沒有安裝液壓馬達，所以這次會徹底摔壞核心裝置。從幾天前開始，我的身體就出現了異常，這次肯定會粉身碎骨。即使能重新修好，也不會是從前那個我了。

但我沒有恐懼，也沒有留戀。我存在的理由只有拯救Today、讓牠幸福。

Today的心臟在跳動，原以為不能再奔跑的Today，終於有了拉開了人生第二幕的心跳。再快一點、再快一點。即使膝蓋徹底毀掉，Today也想跑得再快一點。為了讓牠享受再次飛奔的自由……

我從Today的背上摔了下來。

這就是第二次墜馬。

我度過了世界上最漫長的三秒鐘。這是比呆坐在騎師房裡更漫長、足以重溫所有時光的時間。

最後的我，從臀部到上半身，整個身體支離破碎，但我沒有感覺到任何疼痛。

我望著晴朗的天空。

我第一次看到這個世界的時候，知道了一千個詞彙。之後又知道了幾個用一千個詞彙也無法形容、比一千個詞彙更重要的人類的名字。如果知道更多詞彙，我會在最後一刻如何形容她們呢？這世上有什麼詞彙適當的摻雜著思念、溫暖和悲傷呢？

雖然我只度過了用一千個詞彙組成的短暫一生，但從第一次看著世界念出那些詞彙到現在，我所知道的一千個詞彙都像天空一樣。挫折、磨難和悲傷，你知道的所有詞彙，都是一千種藍。

我最後一次仰望天空，蔚藍而耀眼的天空。

作者的話

我的鞋底磨損得比較快。聽說這是因為走路太快了。雖然很懷疑真是如此嗎？但我走路的確很快，鞋底也磨損很快，所以覺得把這兩句話連在一起也沒錯。

雖然我很忙碌，但很多時候都無精打采。想休息又擔心停下來會陷入無法自拔的情緒中，所以很多時候都停不下來。其實，就在寫「作者的話」的當下，我也無法想像自己可以停下來。之所以會這樣，是因為覺得自己落在了後面。可能也是出於這種原因，有時我才會活得特別忙碌。不，是大家都活得特別忙碌。至少在我生活的世界裡，所有人都很忙碌。

我原本並沒有打算以《一千種藍》投稿韓國科學文學獎，當時在寫的是一部以太空為背景，故事更為龐大的小說。在寫完八百頁，還剩最後一百頁時，我突然覺得小說中的人物太「假」了，就再也寫不下去了。之後有很長一段時間我都沒有打開筆電，一個字也沒寫。當時是九月中旬，那段時間我一直在思考「反正小說都是假的，為什麼我會覺得自己寫得更假呢？」

那時我仍在不分平日和週末的當家教、還有在咖啡廳工作。我擔心遲到，一邊快走一邊思考著如何修改小說。就在這時，我的鞋底掉了。停下腳步後，我才感到氣喘吁吁。我以為自己是在快走，但其實我是在小跑。這時我才明白，與自己想寫的宇宙相比，我的雙腳太貼近現實了。

SF並沒有遠離現實，是我遠離了我的小說。

二〇一九年，我有機會出版長篇小說《坍塌的大橋》，所以韓國科學文學獎「出版未滿兩年」的投稿資格吸引了我。我心想，也許這就是今年最後一次機會了。實際上，二〇二〇年的韓國科學文學獎因為新冠疫情取消了，所以這次真的是最後一次機會了。也是在那時，我重新開始構思投稿的故事。

因為是「科學文學獎」，所以我很想寫一篇帥氣的科學小說，但我能力有限。既然寫不出「帥氣」的小說，那就寫「我能寫好」的小說吧。

我點開手機的備忘錄，在最下面看到了這樣一行字：

「我們都需要練習緩速前行。」

雖然不記得這是什麼時候寫的，但看到這句話時，我總是會思考地球變化的速度、錯過的人和動植物，於是我創作了《一千種藍》。

從寫完小說到現在，為了不踩到任何一隻螞蟻，我一直在練習慢慢走路。

「韓國科幻文學獎」長篇小說首獎／

評審評語

朴尚俊（Seoul Science Fiction Archive代表）

第四屆韓國科學文學獎的投稿作品共計兩百七十三篇（長篇二十九篇，中短篇兩百四十四篇）。去年共收到兩百八十篇，從數量來看差不多，平均水準卻提高了一大截。特別是中短篇，可以看到很多優秀作品，但相對而言，也有很多令人惋惜的作品。

雖然最終只有三部長篇入圍決選，但競爭大獎的作品水準相較於去年大有提升。評審團以四比一的結果，將大獎頒給《一千種藍》。這部作品既是ＳＦ，也是長篇小說，而且在各方面都展現了無可挑剔的完成度。

在評審本屆投稿作品的過程中，大家都對故事結尾的處理感到遺憾。雖然很多作品以獨特的風格和強烈的主張獲得好評，但多位評審提出意見，表示結局的處理沒有展現出作品的完成度。這也是在選擇《一千種藍》和優秀的中短篇作品時，特別提及的部分。

本屆投稿可以明顯看出，很多作品都是以主流文學為背景。在角色、文章、情感、故事結構和風格等方面，相較於ＳＦ類型，持續創作主流文學的投稿者明顯多過歷年。這是日益明顯的趨勢，特別是二〇一九年，韓國ＳＦ在國內外受到矚目，讓利基大幅擴展。

每次評審結束後，我都覺得很多未能獲獎或未能入圍的作品也給人留下了深刻印象。希望大家不要因為這次的結果而氣餒，一定要堅持不懈地創作。

請銘記，《哈利波特》系列作品在出版前，曾被八間出版社拒於門外。

李址鎔（建國大學學術研究教授）

定義ＳＦ（Science Fiction）是一件很難的事。從形成這個類型至今，人們就一直在討論這件事。特別是構成「Science」的概念一直在變化，隨著概念的時隱時現和不斷擴大，ＳＦ便成為一種涵蓋各種概念的類型，可以運用在ＳＦ中的素材和主題也就變得無窮無盡。

但我們不能忽略「Fiction」的部分。雖然這部分在以一定形式與讀者見面時，會帶來更多可能性，但這是文學獎比賽，更無法忽略嚴謹的脈絡所發揮的作用。

從第四屆韓國科學文學獎的投稿作品可以看出，創作者選擇題材的多樣性以及將題材具體化的能力。特別是看到很多作品擺脫了ＳＦ根深蒂固、著重於以科學知識為基礎的框架，自由發揮了更大的想像空間。

某種程度來看，前面提到對「Science」的理解問題，也因此得到解決。這是ＳＦ發展為類型、文化藝術形式所需的部分。當界線已經能夠在劃分與融合之間任意穿梭的現代社會，這種意義便更顯突出。

在這次評審過程中，從評審共同討論的問題之一「結局」可以看出，作品中很多可能性並沒有展現出「Fiction」的具體形式。各種素材、設定和個性十足的人物並沒有透過故事具體化，而是像碎片一樣飄浮不定。甚至未能充分說明，或理解借用的題材和設定的世界觀。

這些問題在ＳＦ中是非常重要的部分。若想創造驚奇的世界，吸引讀者進入那樣的世界，創作者必須先創造出一個完全屬於自己的世界。但很多作品沒有做到這一點，僅靠羅列素材和設定來構建故事，由此暴露其侷限和難以吸引讀者進入驚奇世界的致命性缺點。

結局之所以重要，是因為它不僅是指故事結局的影響力，更意味著創作者創造的世界是否屬於自己，以及是否可以將讀者吸引到那個世界，直到故事結尾。

從這點來看，獲得大獎的《一千種藍》創造了驚奇的世界，並展現出將屬於自己的東西融入作品，且抵達故事結尾的力量。

《一千種藍》的魅力在於作品透過對素材的獨特視角和各種變化提出問題，並在作品中持續擴展意義。利用看似不夠深入的科學知識提出問題，其目的不僅在於單純地展示未來科技，還引出關於因科技改變的世界及針對生命的思考。從這個層面來看，《一千種藍》無疑是一部優秀的作品。早在一九六〇年代新浪潮之後，這種作品的趨勢就已形成，所以並不新鮮。我們只能期待更多突破ＳＦ固有形式、更多元化的作品登場。

而作者觸及他人和世界的視線與講故事的能力令人讚嘆，非常期待作者未來更具個性和真摯的創作。

入圍最終決選的《眾人之罪》也是一部很有魅力的作品，不僅專業知識縝密，而且發揮了科學的想像力。但令人遺憾的是，新穎的設定和部分內容沒有首尾呼應。同樣入圍的《物種起源》也未能讓設定中的意義貫穿整體脈絡。

得益於優秀的作品層出不窮，在評審過程中，評審討論了從ＳＦ的根本問題到針對作品中意義的現代詮釋。感謝所有投稿的創作者提供的寶貴經驗，並期待獲獎作者未來的作品。

金寶英（作家、著有《我等特著你》）

二〇一九年是韓國ＳＦ具有里程碑意義的一年。眾多優秀作品透過各種方式湧現。榮獲第二屆韓國科學文學獎的金草葉獲得了今日作家獎，ＳＦ單行本創刊，韓國ＳＦ榮登暢銷榜，各大媒體都將ＳＦ的躍進選為二〇一九年的文學關鍵詞。雖然韓國ＳＦ的元年常有，且存在週期性，但近來越來越多的作品，使這個類型更加豐富了。

隨著進入文壇的方式變得多樣化，不僅教人擔憂透過徵稿的方式徵不到優秀的作品，但看到本屆入圍的作品後，我才知道這是杞人憂天。雖然評審對大獎和優秀獎沒有太大意見，但在評選佳作時，還是展開了激烈爭論。由此可見，這次徵稿收到了很多優秀作品。

我認為作品的獨創性和個性漸漸超越了對文筆的要求。很多作品基礎打得很紮實，卻在結尾感到力道不足。故事的結尾比開頭更重要，所以希望大家能有始有終。

這次我們看到很多更接近通俗文學的作品。很多練習寫作的創作者也把目光轉向了ＳＦ，這是很好的現象。但因為這是ＳＦ徵稿，所以未能滿足ＳＦ要素的作品自然未能入選。此外，很多作品討論了青年貧困和房價問題，足以證實反映出了時代的問題。

以宇宙為背景的宇宙史詩類作品也明顯多過往年。從素材和想像的擴展意義來看，無疑是件好事，但不難看出這些作品並非以文學為基礎，而是以影視媒體為導向。很多作品缺少描寫，只是寫出想法。國內已經有很多這種題材的小說，希望大家以此為參考，進一步研究寫作技巧。

再加上這是小說徵稿。小說是虛構的故事，不是紀實文學或演講稿。假藉ＳＦ的形式來闡述自己深信的宗教神祕主義或陰謀論的作品，意圖也顯而易見。請大家不要過度追求子虛烏有的內容，確定想法後再創作。

希望所有投稿的創作者可以筆耕不輟。感謝持續經營優秀文學獎的媒體「Money Today」，以及帶動ＳＦ躍進和培養出優秀新人的韓國科學文學獎。

入圍最終決選的《物種起源》和《眾人之罪》存在著相似的缺點。兩部作品都只是不斷展開設定和想法，但在小說結構和故事脈絡方面則很失敗。當然，ＳＦ的創意在ＳＦ徵稿中可以看作是優勢，但在此之前，必須要具備小說的基礎。

雖然《一千種藍》沒有太多ＳＦ設定，但作品的優秀程度足以讓人忽略這一點。故事的核心是面臨安樂死的賽馬，和存在問題、會像人類一樣思考的機器人，圍繞賽馬和機器人，展開了人類如彩虹般的人生故事。為了延長賽馬壽命的人們聚在一起，進行了一場最慢的賽跑，而且結局的小小反轉也帶來了感動。

正如標題，可以說這是一部充滿了一千種藍的夢幻優雅派小說。說是已經活躍於文壇的知名作家寫的作品也可以。評審一致同意把大獎頒給這部作品。

祝賀所有獲獎者，也希望未能入圍的創作者堅持創作。

金昌圭（作家）

正如好作品具有個性和生命力一樣，參與韓國科學文學獎的作品也展現出了一定的特色和趨勢。看到這種趨勢的變化，雖然對理解ＳＦ本質而高興，但偶爾也會看到新的誤會。

在第四屆韓國科學文學獎投稿的作品中，可以看到很多共同之處。大家試圖將構成ＳＦ的要素「驚奇」與一般文學的「文學性」結合。很可惜有很多因此失敗的作品，失敗的原因不是缺乏寫作技巧，而是只套用了ＳＦ的形式，並沒有展現出ＳＦ原本蘊含的文學性。

這可能是對ＳＦ的理解不足，或是對文學本身的理解不夠，導致主角既不行動也不思考，文章優美但空虛，最後虎頭蛇尾。

很高興的是，與這些作品相反，入圍決選的作品讓人覺得，再也不必聽到「優秀韓國ＳＦ的可能性」之類的話了。這些作品充分消化了ＳＦ，並且超越了可能性。這些創作者是登上ＳＦ和科學文學獎之船的優秀船員，很快就能正式出航。

希望扮演巨帆角色的韓國科學文學獎可以持續發掘優秀的作家，並祝賀所有獲獎者，同時也期待未來能與大家一同擴張ＳＦ中的驚奇世界。

《眾人之罪》雖然熟練地運用了ＳＦ所需的要素，但故事缺乏新鮮感和吸引力。《物種起源》開始埋下伏筆，暗示「依靠科技的法術世界」，以ＳＦ而言這樣的開頭很不錯。問題是直到結束都還在說明這樣的世界，所以讓故事失去了力量。

獲獎作品《一千種藍》自始至終主題明確，而且埋下的伏筆都發揮了作用，作者掌握住了均衡感，核心素材也利用得恰到好處，可說是一部優秀的ＳＦ長篇小說。雖然登場人物和臺詞略顯重複，不僅教人覺得是中篇擴展出的長篇，但ＳＦ提出的「既陌生又熟悉」的文筆帶來了感動與共鳴，因此抵消了這個缺點。

鄭寶拉（布克國際獎入圍作家、著有《詛咒兔子》）

此次韓國科學文學獎評審的熱門討論是，故事要有結局。長篇和中短篇投稿作品中，很多都只著重描寫某一個場面或事件，然後匆匆結尾。還有很多作品開頭把主角的目標和任務寫得十分具體，但到了中間或結尾，出現了毫無頭緒的情節。

主角（們）決定不實現原有的目標或任務時，一定要有理由。放棄目標或任務的過程或產生心理變化時，也要有能帶動故事發展的情節和事件。如果主角毫無緣由的放棄目標或任務，突然有所領悟就結束故事的話，從構成故事的角度來看，便無法視為好的作品了。

從這點來看，獲得大獎的《一千種藍》的主題意識和要傳達的社會價值都做到了首尾呼應，並且做了很好的收尾。從各方面來看，都是一部優秀作品。

作品想要傳達的價值或主題，從文學角度來看非常重要。第四屆韓國科學文學獎投稿的長篇作品中，我所評審的作品幾乎都是ＳＦ推理驚悚小說。事件和故事架構會一直聯想到美國電視劇、ＳＦ電影或遊戲，但也有情節開展很快、大格局的有趣作品，感覺這些作品直接投稿給出版社也是可以出版的。

但韓國科學文學獎包含了「文學」，文學獎的作用是決定了未來韓國ＳＦ文學，乃至ＳＦ文學整體的情況，並且要有帶頭作用。文學獎獲獎作品也會奠定文學在藝術和社會的意義。

即使故事展開迅速、吸引力強也有趣，但在藝術或社會層面上沒有傳達出任何價值，只是以暴力性、差別性的主題為基礎，是不能授予「文學獎」的。因此評審們針對這一點，進行了激烈且有深度的討論。

韓國科學文學獎的重點是「科學文學」，因此希望大家理解，評審只能選擇具備ＳＦ特徵、透過ＳＦ類型傳達主題的作品。

文字和語法的運用也是基本中的基本。寫作要先了解自己使用的語言、詞彙和表達的意義，正確運用文字寫出文章。尤其寫小說需要推敲、修潤，並注意第一人稱或第三人稱的運用，統一登場人物的名字，以及設定是否前後衝突。

故事從開始一直使用第三人稱，但到了中間沒有任何說明，突然換成第一人稱，或是人物名字突然縮寫成一個字的話，站在讀者立場只會覺得混亂，以及認為是作者不夠縝密，並不會理解為是作者的創作意圖。

今年也讀了很多優秀的作品，對我個人而言很有意義。為了公正性，每位評審都深思熟慮並進行了激烈討論。在此衷心祝賀所有獲獎者，期待大家未來持續發表優秀的作品。

「韓國科幻文學獎」長篇小說首獎／

獲獎感言

十七歲時，我因為太想寫小說，未經父母同意便擅自報考了藝術高中的文藝創作系。也是從那時開始，我夢想成為一名小說家。說得更準確一些，我是希望成為「寫故事的人」。所以我總是在想像，並把想像串連成故事，給人物注入氣息。但我一直與獎項無緣，也一直無法擺脫懷疑自己「是在寫錯誤的小說嗎？」的想法。之後的幾年，我放棄了寫小說。但沒多久就覺得不寫小說的世界實在太無聊了，於是又重拾創作。

我讀的SF並不多，現在也仍在學習中。如果有人問我為什麼寫SF，我只能回答，因為我發現自己很喜歡。不久前，我才知道我喜歡的電影、讀過的有趣小說，以及最愛的題材（喪屍和宇宙）……都是SF。發現這件事以後，我非常興奮。

我開始在網路上連載小說，決定不再用任何標準來衡量自己，只專注於做自己喜歡做的事。有一天，感覺這輩子都與我無緣的獎項來到了我的身邊，那就是韓國科學文學獎。我開心極了，接到得獎通知的電話後，我在公司的樓梯間坐了好久。

我很喜歡寫小說、設計情節，將人物具體化……但我到現在也還不知道為什麼自己喜歡做這件事。但我現在不會再為了尋找理由而徬徨了，我會愉快地繼續寫下去。說不定就像不期而遇的獎項一樣，哪一天突然就會知道理由。

直到等來那一天之前，我會繼續以未來、宇宙和無法抵達的另一個世界為背景，努力寫作，哪怕寫出的故事只能打動一個人。

我會把這個獎項看作是為了鼓勵我愉快地寫作而頒發給我的。謝謝。

二〇二〇年夏天

千先蘭

推薦文／

打開視野的一千束柔光

作家／劉芷妤

在一個所有人都驚惶失措彼此互問「人工智慧會不會取代這個那個」的時代，韓國作家千先蘭所寫下的《一千種藍》，並不聚焦在這些遲早會普及的機器人可能如何包藏禍心，而是描述一個機器人與一群人類，為了拯救一隻即將被安樂死的賽馬，齊心努力的故事。

依照故事裡埋藏的線索看來，那是一個離我們現在不遠的未來，如我們所期待的，未來科技進步了，生活便利了，但人們依然在被壓迫的同時毫無所覺地壓迫更弱小的人，而歧視、苟且與自私這些人性都毫無改變。我特別喜歡的是，千先蘭作家在觀察現代後，將我們習以為常的可憎可厭可嘆與可愛，以未來的形式寫入故事之中，讓人驚喜於這些設計，卻又一點都不驚訝地發現：是的，這就是科技進步之後，我們這些人類會幹的事、會說的話。

這是一個非常微小而平凡的未來故事，沒有場面壯闊的星際戰鬥，也沒有來意不善的宇宙物種，而正是這樣的微小平凡，讓故事中到處細閃的微光如此真實。

貫穿故事的，是一匹美麗的黑色母賽馬Today，以及與其搭配的騎師花椰菜。花椰菜本來不叫花椰菜，它只有編號，是一個被設計來代替人類成為賽馬場上騎師的機器人，卻在製造過程中不小心被植入了擁有認知和學習能力的晶片，在某次賽程中，花椰菜因為意識到Today在賽場上的過度磨耗，為了減輕牠的負擔，主動決定鬆開韁繩，讓自己從馬背上摔落，並且被緊追在後的其他馬匹踩碎了下半身。

當花椰菜即將被報廢時，拯救了它並將它帶回家修繕、賦予花椰菜之名的延在，是一個對機械充滿天分的少女，延在與從小不良於行卻因為費用太高無法安裝生物相容性義肢的姊姊恩惠、失去心愛的消防員丈夫後努力撐起家庭經濟的母親寶敬，她們在同一個家庭裡生活，在相愛所創造出的心理距離中相依為命，而花椰菜這個機器人的到來，卻意外為這母女三人帶來了彼此理解的契機。

花椰菜、母女三人加上負責照護與施行安樂死Today的獸醫福喜，四個女性與一個機器人的交錯視角，編織了《一千種藍》這樣充滿女性能動性與生命力的故事。在故事中，他們可說是各種弱勢的體現：女性、肢障、貧窮、貧窮帶來的片刻不得喘息……而這些弱勢又是如此尋常，尋常到甚至連引發同情心都辦不到。這樣的隱形弱勢，在科技進步的未來將會繼續存在嗎？千先蘭作家用一本書告訴你，會的，不僅繼續存在，而且差異會愈拉愈大。

科技一直在進步，但人性並沒有。

然而總有某些極為幽微的東西，能夠帶來極其細緻的改變，並且正由於其細緻，更能夠深入社會結構不公處的狹小隙縫，能夠為壓迫在結構下無法發聲的弱勢帶來即時而確切的幸福。

在這個故事裡，由於他們的齊心努力而得到幸福的，不僅僅是真的無法發聲的賽馬Today，更是能夠說話卻不被聽見的其他人類，甚至花椰菜這樣的機器人，在最終，在他為Today找到了扭轉命運的方法時，他也得到了幸福。

花椰菜說，唯有幸福可以戰勝過去、戰勝思念、戰勝痛苦。在千先蘭筆下，這些戰勝並不需要以千軍萬馬的史詩級場面換取，而是稍稍改變思考以及對待他人的方式——即使那個「他人」是機器人或者動物。

延在、恩惠與寶敬之間冰凍多年的心結，因為花椰菜的出現，以及延在同學智秀的亂入，開始有了鬆動的可能。她們在家庭間的關係開始暖化，討厭機器人的寶敬在與花椰菜的相處間，讓因為亡夫去世而凍結的時間開始流動；倔強的延在藉由習慣花椰菜的陪伴，逐漸能夠接受外來的朋友情誼；而行動不便的恩惠，原本只想看著賽馬奔馳來一解心中遺憾，卻漸漸對再也無法上場比賽的Today投注更深情感……甚至連他們一行人為了賽馬Today所做的努力，很可能也只是一個起始點，能夠幫助到的不只是一匹馬，更可能是更多被迫為了人類的娛樂而犧牲的賽馬，以至於其他物種。

我也特別喜歡千先蘭作家在故事中埋入了她在現代社會中的細緻觀察，比方說，投入大量資金採購「救難機器人」之後，便沒有錢更新消防員基礎設備的政策；或者以賽馬為出發點，思考了人類專注於科技進步、卻不怎麼在乎物種滅絕速度的視野偏差；甚至在醫學科技進步神速下，卻不願意將這些技術分享給動物，如同在醫學已經能夠克服病症的情況下，也只有手上握有足夠金錢的人，才安裝得起生物相容性義肢，而不需要高科技就能達成無障礙的路面，依然坑坑巴巴、高低崎嶇，讓渴望靠著自己就能推輪椅出門的恩惠，始終被困住。

說到恩惠的輪椅，我讀到故事最後，延在為恩惠的行動不便找出的解方，幾乎想站起來鼓掌，那可不是「弄到一筆錢讓恩惠能夠安裝義肢」這麼直線的思考，而是更溫柔、更多元、更令人簡直讀到當場就要融化的方式，我很期待讀者們在最後讀到這個段落時，能和我一樣感到幸福。

《一千種藍》這本書，對我來說像是有一千束柔光，關照到不同的角落，那是一種打開視野的方式，而我的視野被打開得非常舒適。

這讓我想起另一位韓國的女性科幻作家金草葉《地球盡頭的溫室》，也同樣採取了植物的陰性力量，來描寫末日與抵抗……不，這麼一想下去，其實近年有許多科幻小說，都不再執著於大江大海的壯闊史詩描寫，更聚焦於長年來一直不被認為能夠拯救世界的柔軟解方。

我很喜歡看見這樣的平衡開始實踐在不同的場域裡，包括文字，包括文字中的科幻類別，或許有一天，我們能夠不再需要為這樣的科幻作品加上「軟科幻」之類的但書，承認那就是科幻，那就是我們從前不曾看過的科幻。

溫暖推薦

我們都應該閱讀這本書，重新學習幸福與安慰、哀悼與療癒、正常與缺陷、失誤與機會，以及自由的真正意義。

我們可以緩速前行……不，我們「應該」緩速前行。千先蘭的小說十分溫暖人心，讓我們看到了不用排擠任何人、也能共同前進的方法。感謝，感動！

崔真英（作家）

本書用三次元的語言，為一次元的我們講述了一個故事。得益於此，湧來的多次元情感喚醒了我們如老繭般沉睡的細胞。

雖然未來仍是身處黑暗中陰鬱的未知之地，但在閱讀《一千種藍》時，不禁讓我開始相信，也許那裡就是充滿希望的旅行之地。那些受了傷、不完整的小人物們努力不懈的團結在一起，讓我們看見了密密麻麻的、喜悅的、耀眼的一千種藍。

閔奎東（電影《她們的故事》導演）

即使身處在快速行駛的交通工具內，依然可以看到遠方高聳的建築。雖然大家都在拍攝，但速度太快了，焦距始終無法對準那又細又長的草葉。

只有千先蘭轉過頭來，望向那模糊的草葉。也許這樣會錯過什麼，但她還是緊鎖眉頭眺望著。我們什麼時候才能跳下疾速往前奔馳的交通工具呢？哪怕那裡是高速公路的正中央。

孫秀賢（演員）

一千種藍／千先蘭（천선란）著 . 胡椒筒 譯 . -- 初版 . – 臺北市 : 時報文化，2023.7；面；14.8╳21 公分 . --（STORY；066）
譯自：천 개의 파랑
ISBN 978-626-353-861-0（平裝）

862.57 112007166

※ 本書獲得韓國文學翻譯院（LTI Korea）之出版補助。
This book is published with the support of the Literature Translation Institute of Korea(LTI Korea).

ISBN 978-626-353-861-0
Printed in Taiwan.

STORY 066
一千種藍
천 개의 파랑

作者 千先蘭｜**譯者** 胡椒筒｜**主編** 尹蘊雯｜**執行企畫** 吳美瑤｜**封面設計** 蕭旭芳｜**編輯總監** 蘇清霖｜**董事長** 趙政岷｜**出版者** 時報文化出版企業股份有限公司 108019 臺北市和平西路三段 240 號 3 樓 發行專線─（02）2306-6842 讀者服務專線─0800-231-705．（02）2304-7103 讀者服務傳真─（02）2304-6858 郵撥─19344724 時報文化出版公司 信箱─10899 臺北華江橋郵局第 99 信箱 時報悅讀網─www.readingtimes.com.tw 電子郵件信箱─newlife@readingtimes.com.tw 時報出版愛讀者─www.facebook.com/readingtimes.2 ｜ **法律顧問** 理律法律事務所 陳長文律師、李念祖律師 ｜**印刷** 勁達印刷有限公司 ｜ **初版一刷** 2023 年 7 月 21 日 ｜ **定價** 新台幣 420 元 ｜（缺頁或破損的書，請寄回更換）

時報文化出版公司成立於 1975 年，1999 年股票上櫃公開發行，2008 年脫離中時集團非屬旺中，以「尊重智慧與創意的文化事業」為信念。